林少华　著

一不小心就老了

天津出版传媒集团
百花文艺出版社

图书在版编目（ＣＩＰ）数据

一不小心就老了 / 林少华著. -- 天津：百花文艺
出版社, 2017.7
ISBN 978-7-5306-7254-9

Ⅰ.①一… Ⅱ.①林… Ⅲ.①散文集−中国−当代
Ⅳ.①I267

中国版本图书馆 CIP 数据核字(2017)第 094762 号

责任编辑:赵世鑫　　　　　　　　　　**封面设计**:苏艾设计

出版人:李勃洋
出版发行:百花文艺出版社
地址:天津市和平区西康路 35 号　　**邮编**:300051
电话传真：　+86-22-23332651（发行部）
　　　　　　　　+86-22-23332656（总编室）
　　　　　　　　+86-22-23332478（邮购部）
主页:http://www.baihuawenyi.com
印刷:天津金彩美术印刷有限公司
开本:787×1092 毫米　1/32
字数:108 千字
印张:7.75
版次:2017 年 7 月第 1 版
印次:2017 年 7 月第 1 次印刷
定价:48.00 元

写在前面

前年,也就是二〇一五年我写过一篇小文章《一不小心就老了》。记得那时候"一不小心……"差不多是个流行语。如一不小心就混上了教授、一不小心就考上了博士、一不小心就当上了处长、一不小心就有了漂亮的女朋友、一不小心就怀上了二宝……不用说,这大体是个俏皮话。因为作为惯常语感或习惯用法,"一不小心"后续的多是负面状况。如一不小心把碗打了,一不小心栽了个"狗抢屎"之类。而开始几例显然反其意而用之,"一不小心"后续的都是正面的,是令人欢欣鼓舞的好事、美事。唯其如此,也才成其为俏皮话,成其为流行语。

那么,我笔下的"一不小心就老了"的"一不小心"算是哪种用法呢?当然是传统用法,因为"老"无疑是负面状况。不否认有搭顺风车的自我调侃意味。问题是,再调侃也稀释不了个中悲凉、凄寂、无奈、意外等人生况味。是啊,有谁会为老而欢欣鼓舞呢?至少,男人年轻,可以去追女孩——一不小心就追到手了;女人年轻,可以等男孩来追——一不小心就上当了。而老了,再小心也是枉费心机。一不小心闹了个晚节不保或人财两空倒有可能。

　　我已经老了。有一天,在一处公共场所的大厅里,有一个男人向我走来。他主动介绍自己,他对我说:"我认识你,永远记得你。那时候,你还年轻,人人都说你美。现在我是特意来告诉你,对我来说,我觉得你比年轻的时候更美。那时你是年轻女人,与你那时的面貌相比,我更爱你现在备受摧残的面容。"

这样的场景诚然令人欢欣鼓舞。遗憾的是,它发生在玛格丽特·杜拉斯《情人》这部小说的开头和同名电影的银幕上。而在现实生活中出现如此场景的概率,肯定不会高于杜拉斯在中国任何一个村庄的知名度。

　　老了势必考虑老了的事。比如灵魂的有无,天堂的有无。即使去年以一百零五岁高龄去世的杨绛女士这样的大智者生前也考虑过,九十六岁时写的《走到人生边上——自问自答》就集中表述了她在这方面勇敢而执着的思索。得出的答案是：人活着的时候有灵魂，至于死后有没有，因不能证实，所以存疑。存疑不意味否认。不能证实，也不能证伪，"因为上天的神明，岂是人人都能理解呢"，只能存疑。疑其有，疑其没有。作为心情，杨绛大约是希望有的。我也希望，由衷希望。这是因为，倘有灵魂，即意味着多少年之后可以在宇宙的某个地方——叫天堂也好天国也好瑶池也好抑或西方极乐世界也好，叫什么无所谓——同先于自己去世的亲人相会，那是多么激动人心的时刻啊！曾经做错的，可以纠正；没做的，可以弥补；没做好的，可以做好——遗憾、懊恼、愧疚将不复存在，从而得到真正的解脱和超度。倘有灵魂，还意味着来生可能存在。有人说女儿是父亲前生的情人——不知何故，好像没人说儿子是母亲前世的情人——那么自己的来生将是别人的什么人呢？将以怎样的属性和形象重新出现在这个桃红柳绿莺歌燕舞的世界上呢？将和谁恋爱，上哪所大学，在哪座城市以至哪个国家谋生呢……单单这么一想都乐不可支。

在这点上，我很羡慕太阳。一如史铁生《我与地坛》所说，太阳"每时每刻都是夕阳也都是旭日。当他熄灭着走下山去收尽苍凉残照之际，正是他在另一面燃烧着爬上山巅布散烈烈朝晖之时"。毫无疑问，太阳是轮回的。今晚西山落下，明晨东海升起。而人呢？存疑！不过在铁生那里，存疑固然存疑，但存疑之余似乎倾向于肯定。他紧接着写道："有一天，我也将沉静着走下山去，扶着我的拐杖。那一天，在某一处山洼里，势必会跑上来一个欢蹦的孩子，抱着他的玩具。当然，那不是我。但是，那不是我吗？"如今，铁生"走下山"六年多了。那么……

在这点上，我甚至羡慕植物，所有植物。比如再寻常不过的牵牛花。每一朵牵牛花凋落后都留下一个小铃铛。小铃铛长大成熟后自行炸裂，喷出一二十粒种子，来年春天早早就会有一二十对嫩芽破土而出，重新长大爬蔓开花。那当然不是去年的那朵花，但是，那真的不是去年那朵花吗？我以为是的，真的是。无须存疑。再比如蒲公英。蒲公英的生命力更顽强更有诗意——无数把降落伞翩翩然随风飘去。飘去篱笆的那边，路的那边，山的那边，明年不知有多少朵金灿灿娇嫩嫩的小脸在大地上挤眉弄眼。如果你仍然存疑，那么请看它们的母体——同一株蒲公英熬过冬天后翌年就在乍暖还寒时节像大梦初醒一样活生生拱出地面。是不是有灵魂我不敢断定,但有轮回、有来生这点毫无疑问。

那么人呢?存疑。存疑也好。存疑,才有哲学,才有文学,才有艺术。

也才有我这本小书。

自不待言,任何人都不是一开始就老态龙钟的。我当然也年轻过。有过蹉跎岁月中青少年的孤独与苦闷,有过向往诗与远方的青壮年的奋斗与漂泊,有过心仪陌上花开的中老年的怠惰与徘徊。其间尤为引人注意的,想必是村上春树伴随下的译海独航。值得庆幸的是,这样的时空轨迹居然赢得了百花文艺出版社赵诗欣女士不无欣赏的目光,承其十分小心地据此分成四个板块编了这本小书。这也是我五六百篇散文的第一个主题选本。从中不难看出,我就是这样一天天一步步一点点变老的,一不小心也罢,处心积虑也罢。又不知幸与不幸,没有人不变老。倘若书中我变老的旅途风景能为朋友们提供某种启迪、某种审美情思,那么我就会觉得自己没白变老,老也值得了。

林少华
二〇一七年三月一日灯下于窥海斋
时青岛春夜喜雨灯火空蒙

5

目录

第二辑 诗与远方：人到中年

2

第三辑　梦与夜雨:鬓已星星

第四辑　我与村上 : 翻译人生

第一辑 一

书与故乡：青春岁月

青春:修辞与异性之间

近几年,《致我们终将逝去的青春》等青春题材电影的上映,让我想起了青春和我的青春。

青春! 若问青春始于何时终于何日,我以为十五岁至二十五岁大体是不错的。但具体到个人头上,则因人而异。比如村上春树,他说他的青春终止于三十岁——三十岁时的一件小事。当时他同一位美貌女子在餐馆碰头,边吃东西边商量工作。因为对方同他往日热恋过的一个女孩长得太相像了,遂说:"哎,你长得和我过去认识的女孩一模一样,一样得让人吃惊。"对方微微笑道(笑得极其完美):"男人么,总喜欢这样说话。说法倒是蛮别致的。"就在这话音落下的一瞬间,村上觉得自己的青春帷幕也随之落下了,自己已然"站在不同于过去的世界里"。

至于村上的青春帷幕何以因此落下,内幕自是不得而知。不过有一点可以断定,村上的青春肯定和女孩、和恋爱有关。也不光村上,绝大多数人都难免这样。

可我不这样。

这是因为,我的十五岁至二十五岁这青春十年,几乎与"文革"十年相伴始终。"文革"固然荒唐无比,却也没有荒唐到不许恋爱不让结婚的地步。但作为事实,翻阅那十年期间的日记,"女孩"啦、"恋爱"啦等字眼儿的确一次也没找见。这个结果让我怅然有顷,又诧异良久。那算是怎样的青春呢?那还能称为青春吗?

更令我诧异的是,我居然做了不少与轰轰烈烈的"文化大革命"两不相干甚至背道而驰的事。例如抄字典。日记中分明写道:"一九六七年五月二十四日做《四角号码》《新华字典》摘录始","一九六七年九月二十五日做《四角号码》《新华字典》摘录初稿终"。为什么摘录字典呢?这我记得很清楚。我有一本《新华字典》,一个名叫左良的同班同学有一本《四角号码字典》。里面收的字和词条及其释义虽大致相同,但例句不尽相同。想买《四角号码字典》却买不到("文革"期间各类字典俱被"革"掉),而自己又对那些不同的例句割舍不下,只好借来两相对照,将前者有而后者无的例句"摘录"下来,足足抄了四个月时间。抄一遍后嫌不够工整,又工工整整重抄一遍。而且不是抄在现成本子上。因为现成本子有格,容量小,再说比较贵,所以我买来大张白纸,裁成三十二开大小,前后用硬纸壳夹了,钻洞用线钉好。从学校回来或上山打柴回来后,我就趴在吃饭用的矮脚炕桌或柜角、窗台上,用蘸水笔一笔一画摘抄字典。那时小山村还没通电,天黑后就对着一盏煤油灯低头抄个不止。冬天屋子冷,脚伸进被窝,不时哈气暖一暖手。有时头低得太低了,灯火苗就"滋啦"一声烧着额前的头发,烧出一股烧麻雀般的特殊的焦煳味儿。

也是因为这种特殊记忆,那上下两册字典摘录至今仍躺在书橱深处。四十多年来走南闯北,我始终把它们带在身边。偶尔找出,或轻轻抚摸它们破旧的封皮,或把它们紧紧贴在胸口,或嗅嗅纸页的气息,心中顿时涌起别样的情思,当年的自己倏然萦回脑际——它们陪伴和见证了我的一段青春岁月。我的青春也因之没有终止,即使在早已年过半百的今天。

回想起来,较之抄字典,看书抄录漂亮句子所花时间更多,那可以说是日常性的。下面就让我翻开一本读书笔记,从中举例若干:"古人云'不教而善,非圣而何;教而后善,非贤而何;教亦不善,非愚而何。"(《西游记》)"光朗朗的一个声音,恍若鹤鸣天表;端溶溶的全身体度,俨然凤舞高岗。"(《英烈传》)"有泪有声谓之哭;有泪无声谓之泣;无泪有声谓之号。"(《水浒传》)"勇将不怯死以苟免,壮士不毁节而求生。"(《三国演义》)"来今往古,人谁不死?轰轰烈烈,万古流芳。"(《说岳全传》)"冻死迎风站,饿死挺肚行。"(《战斗的青春》)"她那双明媚黑亮的大眼睛,湿漉漉水汪汪的,像两泓澄清的沙底小湖。"(《苦菜花》)"一线曙光从北中国战场上透露出来,东方泛着鱼肚白色。黑暗,从北方的山岳、平原、池沼……各个角落慢慢退去。在安静的黎明中,加拿大人民优秀的儿子、中国人民的战友,在中国的山村里,吐出了他最后一口气。"(《白求恩大夫》)……粗略数了数,这本读书笔记涉及的书目至少有七八十种,时间跨度为一九六六至一九七〇年,即自己十五至十八岁之间,大体相当于人们最不看书也无书可看的"文革"前半期。在这方面,我必须感谢父亲那个书箱和偷偷借给我书的伙伴们。

看书抄录漂亮句子这个习惯在我一九七二年上大学以后仍持续了大约四年。这么着,我的青春时代有很大一部分是由文学语言修饰着的。也就是说,对修辞的迷恋在很大程度上取代了对漂亮异性的迷恋。而修辞也回报了我,由此形成的修辞自觉几乎使我在重要场合的每一次发言、每一篇文章都引起了周围人的注意和赏识。这带给我一个又一个宝贵机会乃至若干人生转折点。不仅如此,修辞还让我在心田为自己保留了一角未被世俗浸染的园地,让我保持着五彩缤纷的文学想象力、不息的激情,以及对美的感悟和向往……

(2013.6.2)

小站抒情

可以说,天上有多少星辰,中国版图上就有多少火车站。中国人没人不进火车站——始发站,中转站,终点站,快车站,慢车站,停车站,通过站,枢纽站,大站,小站。但真正属于自己的恐怕只有一个站,只有那个站才让自己梦绕魂萦情思绵绵。

我也有那样一个火车站。站很小,但有一个独特而温馨的名字:上家站。站的确太小了,一间放着三条长木椅的候车室,一间摆着两张桌子的办公室兼调度室,一个巴掌大的售票口,一个旧式店掌柜模样的站长常常亲自售票,售完少则几张多则一二十张票,人就不知去了哪里。没有冷若冰霜的检票口,没有插翅难飞的铁栅栏,没有人吆五喝六,没有人查验行李,没有罚款,没有没收,车来了就上,下车了就走,即便据说美妙无比的共产主义,我想也不过如此了。春天的清晨,小站笼罩在如一方白纱巾的淡淡的雾霭里;夏日的黄昏,小站那棵老榆树被夕阳镀上迷彩服般的金晖;秋天来了,小站匍匐在漫山遍野的大豆高粱和黄灿灿的谷浪中;冬季降临,小站如小雪人一样蹲在冰封雪飘银装素裹的大地上。

小站伸出四五条路。向西,一条荡漾着牛粪味儿的土马路在一丛丛马兰花和蒲公英的簇拥下伸向远方迤逦的火烧云;向北,一条小路很快爬上陡坡钻入绿得呛人而又喜人诱人的青纱帐;向南,沿着田埂走进屋后开满土豆花房前爬满南瓜秧的村落;向东,一条羊肠小道拐过山脚下我家的院落和草房,再过一道壕沟一口水井和一座柴草垛,蜿蜒潜入一片光影斑驳的松林。早上,乡亲们沿着这四五条路聚来小站去县城赶集,有的挎着鸡蛋篓有的提着樱桃筐有的扛着羊崽猪娃,等车时间里互相说说笑笑问短问长。傍晚时分下车归来,三三两两低语着很快消失在苍茫的暮色里,小站也随之沉浸在寂寞、孤独与清冽的月华中。

小站是刻录了我的童年、少年和青春的光盘,承载了我的迷惘、快乐和忧伤。我曾和弟弟从小站上车去三十里外的县城买二斤蛋糕,再步行四十里去看望年老的外婆;

曾望着小站疾驰而过的直快列车梦想迟早自己也像车上的大人一样远走他乡；终于有一天自己怀揣一张入学通知书从小站扑向省城一座高等学府；四年后又怀揣一张报到证从小站远去香飘四季的南方。较之离开小站的得意和兴奋，更多时候是对回归小站的思念和渴望。上家站，一如其名，上家，回家，那里有我的家。有彩霞般美丽的杏花，有小灯笼般红艳的海棠，有烟花般璀璨的山楂，有香喷喷的烤玉米，有脆生生的嫩黄瓜。更有母亲的咸鸭蛋，有祖母的烧地瓜，以及她们脸上皱纹和白发……无论从一百里外的省城，还是从两千里外的京城，抑或数千里外的羊城，一路上所有火车站都是删节号，都是虚线。只有你——我的上家站才是惊叹号，才是句点。其他站都不是站，是站的只有你。其他站只有售货车争先恐后的叫卖声，只有你才有亲人望眼欲穿的期盼和淳朴真诚的笑脸。而离开时只有你才有亲人泣不成声的叮咛、偷偷揩去的泪花和一网兜热乎乎的熟鸡蛋……

起初离开你是那么欢喜那么激动，后来离开你是那么不忍那么感伤，而回到你身边的等待越来越难耐越来越漫长。你是中国以至世界上最小最寒碜的支线火车站，同时又是我最大最壮观的感情枢纽站。虽然以后极少有机会回到你的身边,但你永远是我的始发站和终到站。你如天边缥缈的牧歌,每每唤起我一缕缱绻的乡愁;你如远山闪烁的夕晖,悄悄点燃我童话般的梦想;你如母亲慈爱的目光,轻轻抚平游子百结的愁肠。

上家站——我生命路程中永远的小站,我是旅客,更是站长,而且永不下岗。

(2006.1.21)

乡关何处

乡下的大弟打来电话,告诉我老屋卖了,一万元卖给了采石厂。理由是原来五户人家只剩了他一家,电线杆倒了都换不起。更糟糕的是附近山头开了采石厂,放炮崩的石子时不时飞进院子,一颗大的竟砸穿了屋顶,差点砸着人。

我不由得把听筒从耳朵边移开,愣愣地看了听筒许久,好像听筒是弟弟或老屋。我能说什么呢?

其实,若非我一再劝阻,老屋早就卖了。我不可能回去居住,这是明摆着的事,坐等升值良机更谈不上。我所以横竖不让弟弟脱手,是因为老屋既是老屋又不是老屋。

老屋是我上小学三年级时爷爷一块石头一把泥砌起来的,坐落在三面环山的小山沟的西山坡上。房前屋后和山坡空地被爷爷左一棵右一棵栽了杏树、李树、海棠树和山楂树。春天花开的时候,粉红的杏花、雪白的李花、白里透红的海棠花,成团成片,蒸蒸腾腾,把老屋里三层外三层围拢起来,从远处只能望见羊角辫似的一角草拧的房脊。那时我已约略懂得杏花春雨的诗情画意了,放学回来路上一瞧见那片花坞心里就一阵欢喜。奶奶呢?奶奶多少有点半身不遂,走路一条腿抬不利索,自己鼓鼓捣捣在前后篱笆根下种了黄瓜、葫芦瓜、牵牛花。很快,黄瓜花开了,嫩黄嫩黄的,花下长满小刺刺的黄瓜妞儿害羞似的躲躲闪闪。葫芦花要大得多,白白的薄薄的,风一吹,像立不稳的白蝴蝶一样摇摇颤颤。最鲜艳的是牵牛花了,紫色的、粉色的、白紫相间的,迎着晨光,噙着露珠,娇滴滴,轻盈盈,水灵灵,玲珑别透,楚楚动人。离院子不远,有一棵歪脖子柳树,树下有一口井,无数鞭梢一般下垂的枝条一直垂到井口。盛夏,我和弟弟常把黄瓜和西瓜扔进井里,过一两个时辰再捞出来分享,凉瓦瓦的,一直凉到脑门。山坡稍往上一点就是柞树林和松树林了,秋天钻进去摘"山里红"的小果果,采蘑菇,捉蝈蝈……

小山沟很多年月里没电,冬天有时回家晚了,远远望见老屋那如豆的灯光,我就知道母亲仍在煤油灯下纳鞋底等我归来,心里顿时充满温暖。夏日的夜晚,时常开窗睡觉。睡不着的时候，每每望着树梢或云隙间的半轮明月，任凭思绪跑得很远很远。在务农的艰苦岁月里，我又常在屋前月下吹着竹笛倾诉心中的苦闷和忧伤。

而这样的老屋以区区一万元钱脱手了，失去了，连同祖父提一袋熟透的李子送我远行的曾经的脚步，连同祖母为我从火盆中扒出烫手的烧土豆的曾经的慈爱，连同母亲印在糊纸土墙上的纳鞋底的身影，连同看书时烧焦我额前头发的油灯火苗和乡间少年无奈的笛声。回想起来，我的老屋、我的故乡早就开始失去了。三十年前失去了灌木丛中扑棱棱惊飞的野鸡和鹌鹑，二十年前失去了树枝绿叶间躲藏的一串串山葡萄，十年前失去了飞进堂屋在梁上筑巢的春燕、在杏树枝头摇头摆尾的喜鹊，甚至麻雀也因农药而绝迹了。如今采石厂的石子又砸穿了老屋可怜的屋顶，砸碎了装满记忆珠子的旧青花瓷罐，砸在了我的心头……

我也曾去祖籍蓬莱寻找更古老的老屋，寻找更久远的故乡，去了好几次。然而，早已无人可问无迹可寻了。县城也与想象中的相去甚远了。没有青砖灰瓦，没有古寺旧祠，没有一街老铺，没有满树夕阳。满眼是不入流的所谓现代化建筑和花哨的商业招牌，满耳是呼啸而去的摩托车声和声嘶力竭的叫卖声。黄昏时分，我几次怅怅地登上蓬莱阁。举目南望，但见暮霭迷蒙，四野苍茫；放眼西北，唯有水天一色，渺无所见。浮上心头的只有那两句古诗："日暮乡关何处是，烟波江上使人愁"！

如此这般，作为祖籍的故乡早已失去，生身的故乡又随着老屋的失去而彻底失去。是的，老屋的失去，使我失去了故乡，因而失去了根据，失去了身份。原本我的身份就迷失了一半，在乡下我是城里人，在城里我是乡下人。现在又成了城里迷失故乡的乡下人，由此走上不断追问乡关何处的人生苦旅。

（2007.4.17）

无法回游的"鲑鱼"

"羁鸟恋旧林,池鱼思故渊。"而我,更像一条鲑鱼,在广阔的海域游了几圈耍了一阵子,忽然涌起一股冲动:游回自己的出生地看看。听母亲说,我是初冬时节在那个村子出生的。接生婆没来我先来了,母亲就在灶前柴草上拿一把剪刀蘸了蘸热水,自己剪断脐带。于是我完全脱离母体,来到东北平原一个已经开始变冷的普通村落。在那里长到两三岁,而后随父母迁往县城。

这样,那个村子就成了"老屯"——我们外迁的族人都这样称呼——其实两三岁后我也并非没回过老屯。爷爷奶奶住在那里,上小学前我在爷爷奶奶身边生活过两三年。清晰留在记忆里的,要数房前屋后一朵一朵的南瓜花和大片大片的土豆花。南瓜花有碗口大小,嫩黄嫩黄的。我知道蝈蝈(知了)特喜欢吃这种花,便去南草甸子里捉来蝈蝈,关进用秫秆(高粱秸)编的小笼子,挂在房檐下,往笼里塞南瓜花喂它。它不时突然想起似的颤动翅膀叫一阵子,连同老母鸡下蛋后的"嘎嘎"声,合成夏日乡间午后不无倦慵的交响曲。不过,我更喜欢土豆花。从老屋往后走不远,就是一大片望不到边的土豆地。蝈蝈叫正是土豆花开时节,蓝里透紫的小花单看毫不起眼,但连成一片蔓延开去,就有一种难以言喻的气势美,好像能开到天上去。土豆花的香气很浓,甜津津辣丝丝苦麻麻的,直冲鼻孔,那是大片土豆花特有的香气。对于我,就成了老屯特有的气味。多少年来,只有两年前去日本北海道旅行时才见到那般铺天盖地的土豆花,闻得它久违的香气。

另外留在记忆里的,就是老屋西侧的土院墙了。墙极高,大人伸手都够不着墙头上的狗尾草。墙内是爷爷奶奶的菜园子,墙外是一条走得过牛车的土道,隔道是邻院同样高的土院墙。墙根是一排遮天蔽日的大榆树,土道正得一片阴凉,我就和两个与我同龄的叔辈伙伴在树下玩耍。这么着,高土墙和大榆树成了我梦绕魂萦的一道"原生风景"。我从未见过相似的风景。身心都极疲劳的时候,往往闭目片刻,想象树荫和土墙下的自己。深邃,高远,繁茂,土的气息,树的阴凉……于是我重新精神起来。

老屯,我的出生地和儿时的乐园!那里究竟怎样了呢?

不用说,我出生的地方即是母亲分娩阵痛的地方。我是母亲的第一胎,那时她刚刚二十岁。如今二十岁的女孩正上大二,而母亲却在灶前柴草上自己用剪刀剪断婴儿和自己之间的脐带,那是怎样的场景、怎样的动作、怎样的眼神和心境啊!而今母亲已经走了,走四五年了。由母亲带到世界上来的我也年届花甲了。

我一定要回老屯,一定要去看看母亲生我的地方!

我不知道老屯具体在哪里了,找老姑一起去。小时候要从县城步行四五十里的土路,现在成了柏油路,出租车跑起来不出二十分钟。老姑在车上告诉我,我出生的西厢房早已不在了。我说房址总该在吧?不料下车进村,老姑说房址也不好找了,"到处是苞米地,哪里认得准呢!"我们开始找爷爷奶奶的老屋。三间土房还在,但几易房主。院门锁着,房前屋后全是茂密的玉米,只隐约露出草房脊和土山墙的一角。可那是怎样的一角啊!终于找到有院门钥匙的人,得知房主已外出多年,房子早就没人住了。进得院门,穿过几乎走不进人的玉米地,好歹摸到房前。房前蒿草有一人多高。从中闪出的房檐上苫的草已经腐烂,椽头裸露。窗扇玻璃打了好几块。老姑摸着油漆剥落的窗框说："窗户还是你爷爷打的呢！"往里窥看，炕席残缺不全，上面零乱堆着杂物。炕下是裸土地，也堆着杂物。门扇里倒外斜。勉强绕到房后，后墙多年没抹泥了。风吹雨淋，墙泥里的草秸如潦草的日文字母显现出来。墙体裂了一道好大的缝隙，随时有坍塌的可能。这就是当年我在房檐蝈蝈笼下度过快乐时光的老屋吗？我倒吸一口凉气。

摸出院子，去西面找院墙。墙倒是有，但成了红砖墙。砖块之间没用水泥勾缝，像是随意码起来的，不及里面玉米秧一半高。另一侧也差不多是同样情形，大榆树荡然无存。中间路面倒仍是土路，零星扔着冰棍纸、速食面包装袋、空塑料瓶、塑料袋等花里胡哨的"现代"垃圾。南瓜花尚可见到，但不闻蝈蝈的叫声；土豆花也还有，但只是垄头地角那么几丛几朵，无精打采。进一家小店买水解渴，店里好几伙人正闷头打麻将。我不认识他们，他们不认识我，也没看见我……

原先差不多一半姓林的村子只剩两三家林姓了。嫡亲只存一家。在那里我见到了太爷留下的有半个桌面大的旧木匣，一对。后来我讨了一个同样旧的小木匣，上面的红漆变黑了,花纹更黑,看不真切了。我决定把小木匣带走。带走"老屯",带走"故乡"——既然鲑鱼无法游回出生地,那么就把"出生地"带走吧!

(2012.8.20)

怀念母亲

母亲走了。

母亲是很普通的乡下妇女，即便亲属圈也未必全部知晓她的名字。因此，母亲的走，对这个世界来说，好比一片枯黄的树叶在冬日寒冷的天空中艰难地颤颤盘旋几圈后落向了大地。可是对于我，则是整个天空，整个天空轰然塌落下来，世界黯然失色。

母亲走得那么急，我竟未能赶上见最后一面。在殡仪馆场外，在特定时刻，我久久仰望高耸的烟囱缓缓腾起的青烟，想到母亲那起早贪黑操劳一生的瘦弱的身体，那无数次抱过和抚摸过我的粗糙而温暖的双手，那专注、凄寂而慈祥的面容正在化为青烟，化为一缕青烟飘向清晨灰蒙蒙的天空，我一时泪如雨下，泣不成声。

母亲上过旧式学校，但没参加过工作，没参加过社会活动，没领过工资。家庭和孩子几乎是她的整个天地。她身后留下来的,可以说只有我们六个子女,只有她陆续带到这个世界上来的六个生命。我是老大,长子,我降生时母亲刚刚二十岁。从此,她的青春,她的人生,她的一切,就被无限拖入生儿育女操持家务的辛劳和苦难之中。我不认为母亲偏心,但因为我是长子,即使在时间上我也得到了母亲更多的爱。那是怎样的爱、怎样的母爱啊!

同样是母爱,但我觉得,艰苦岁月中的母爱和经济条件相对宽裕情况下的母爱应该是有所不同的。因为前者需要母亲牺牲甚至最基本的个人生活需求,需要母亲从自己身上和口中节省本来已很可怜的衣衫和食物。那是用血和泪化合的爱。而我得到的就是这样的爱,这样的母爱!

我小时候是个体弱的男孩儿。虽然个头不比别人矮,但力气小得多,胆也就格外小。不敢爬树,不敢骑老牛,更不敢和同学摔跤打架,因为会被人家一胳膊抢出好远。二十世纪六十年代初上小学三四年级的时候,日子落到了真正吃糠咽菜的地步。晚间喝的高粱米粥,尽管放很多碱下去,但仍然清汤清水,几乎数得出碗底薄薄一层米粒。而母亲碗里几乎连这层米粒也没有,喝完两碗米汤就在煤油灯下一声接一声咳嗽着一针接一针纳鞋底、做棉衣。而我第二天上学带的饭盒里，就时常在糠菜之上多出一层米粒，有时还有一个咸鸡蛋或半个咸鸭蛋。靠了这点营养，我在比我强壮的同学都有人饿得退学的情况下，以瘦瘦的身体坚持读了下来。

十多年后我进省城上了大学，每月有六元钱助学金。那时家里虽不吃糠咽菜了，但仍很穷，母亲连一件出门衣服都没有。我有意不拿家里的钱，一切靠这六元钱维持。记得一年寒假结束返校前一天晚上，母亲从箱底颤巍巍摸出二十元钱给我。我问哪里来的钱，母亲说把生产队分的口粮中的玉米卖了。我不要。我看着母亲刚过四十就憔悴不堪的脸庞，看着她单薄的旧棉袄下支起的瘦削的双肩和细弱的脖颈，无论如何也不忍心拿这二十元钱。母亲哭了："儿呀，妈知道你体谅家里难处不向妈要钱，可妈知道你身上没钱，妈心疼你呀！"我也哭了，哭着从妈手里接过二十元钱。

大学毕业后我南下去了广州。广州话听不懂，尤其工作根本不合心意，精神苦闷到了极点。母亲来信了，嘱咐我别想家，别想妈，别想太多，既然去了，就克服困难，安

023

下心好好干吧。信是用铅笔写的,一笔一画。母亲识字我是知道的,但没想到她会写这么多字,句子也够通顺。那是我接到的母亲的唯一的信。我相信她这辈子也只写了这么一封信。信上母亲叫我别想她,但后来听父亲说,母亲当时想我想得晚上睡不着觉,险些哭坏了眼睛。还有一件事也让我每每记起。若干年前我个人生活发生变故的时候,包括父亲在内,几乎所有家乡亲人都指责我是错的,袒护我的只有母亲一人。她从父亲手里抢过电话筒对我说道:"只要是我儿子做的事,就都是对的!"母亲这回显然是偏心了。细想之下,世界上大凡爱都是偏心的,唯有偏心才成其为爱,爱因其偏心而纯粹、神圣和刻骨铭心。

就是这样,母亲在我人生最困难的时候给了我血泪化合的爱,给了我唯独母亲才能给予的呵护和温暖。而我在母亲最困难的时候却未能给予什么,未能守候在她身边,未能和母亲在一起。我知道,母亲是多么想和我在一起啊!

现在,我和母亲在一起了,母亲和我在一起了——我把母亲的遗像带回了青岛,换了框放在书桌右侧的书架上。此时此刻,母亲正从旁边看着我,眼神仍那么慈祥,那么带有几分凄楚和忧伤,一如一两年前她在青岛期间从餐桌对面看我吃她包的饺子,从窗口看我在小园子侍弄花草,从门口看我每次出门时的背影……

（2007.11.28）

父亲的手

　　父亲病倒了。突然之间。脑溢血。急救室。我坐在他的病床前。他闭目合眼，昏迷不醒。但他的手仍在动，似乎只有手是清醒的。我握住他的手，叫了声"爸爸……"他的手明显回握了我一下。我再叫一声，他又回握了一下。我低头看着我手中的他的手。毕竟父子，他的手和我的手差不多。不是典型的男人的手。手掌不宽、不厚。手指不粗。手背没有老人斑。青色的血管在又白又薄的皮肤下十分清晰。整只手暖暖的、软软的。我看着、攥着、抚摸着。我忽然察觉，我还是第一次接触父亲的手——自懂事以来的半个世纪时间里我居然从未接触过父亲的手！我感到惊愕。事情怎么会是这个样子呢？因为父子，见面或分别固然不至于握手，但此外就没有接触的机会吗？没有，没有，是没有。我疏远了父亲的手。想到这里，我心疼地把父亲的一只手捧在怀里，注视着，摩挲着，眼睛随之模糊起来……

　　尽管生活工作在乡下，但父亲这双手几乎没做过农活儿，更没做过家务，也不会，甚至侍弄房前屋后的小菜园都不太会。但我必须承认爸爸是个很聪明也很努力的人。父亲在中华人民共和国成立初期只念到初一就工作了，由乡供销社到县供销总社后来转到人民公社即现今的镇政府。同样这双手，却打得一手好算盘，写得一手好钢笔字和好毛笔字，写得一手好文章，下得一手好象棋。别说十里八村，即便在整个县，当时都是有些名气的。可惜他脾气不好。同样一句话，从他口中出来往往多了棱角，尤其让领导听起来不大舒坦。所谓手巧不如口巧，也是由于这个原因，他一辈子都没升上去。

　　我继续搜寻记忆，搜寻父亲的手在父子感情之间留下的痕迹。记得大学三年级那年初夏我得了急性黄疸性肝炎，住在长春偏离市中心的传染病医院里。"文革"尚未结束，物资奇缺，连白糖都要凭票供应，平时喝口糖水都不容易。而对于肝炎患者来说，糖是最基本的营养品。一天中午，我在医院病床上怅怅地躺着。几个病友都睡了，我睡不着，想自己的病情，想耽误的课，想入党申请能否通过。正想着，门轻轻地开了。进来的竟是父亲。依旧那身半旧的蓝布衣裤，依旧那个塑料提包，依旧那副清瘦的面容。我爬起身，父亲在床沿坐下。父亲平时就沉默寡言，这时也没多说什么，只是简单问了问病情，然后一只手拉开提包，另一只手从中掏出一包用黄纸包的白糖，又一个一个小心地摸出二十个煮鸡蛋，最后从怀里摸出二十元钱放在我眼前的褥单上。父亲一个月四十七元五，母亲没工作。八口之家，两地分居。作为长子，我当然知道这二十元钱意味着什么。我说钱我不要。父亲没作声，一只手把钱按在褥单上，然后打量了一下病房，又往窗外树上看了片刻，说："我得走了，你好好养病。"说着，拎起完全空了的塑料提包。我望着他走出门的单薄的身影，鼻子有些发酸。我家在长春东边，他工作所在的公社在长春北边，各相距一百里——父亲是从百里外的家赶来，又赶去百里外的公社的。他在那里做公社党委宣传委员。

我更紧地握着自己从不曾握过的父亲的手。我知道，这是第一次，也是最后一次——这双手再不会为我做什么了。是的，父亲是个不善于用话语表达自己正面感情，尤其对子女感情的人，这双手也就给了我更多的回忆。时间迅速向后推进,也就在一年半以前,父母在我所在的青岛生活了两年。两人的身体都还好,我就在市区较为热闹的地段租了房子给他们单住。每星期去看望一两次。客厅有个不很长的沙发,父亲总是坐在沙发一头看电视、看报。我去的时候也坐在沙发上,有时坐在另一头,有时坐在稍离开他的中间位置。一次无意之间,我发现原本父亲靠着的靠垫正一点一点往我这头移动。细看,原来他用一只手悄悄推着靠垫。我佯装未见,任凭靠垫移到我的身旁。显然,父亲是让我靠这靠垫。但他没有说,也没有直接递给我,而是用手慢慢推移,生怕我察觉……

如今,父亲的手永远地去了,去了三四个月了。化为青烟,化为灰烬,留在了一千多公里外的故乡的一座荒山坡上。那里已经飘雪了,风越来越冷。

世界上还会有一双男性的手为我从塑料提包里一个一个摸出煮鸡蛋,一点一点往我身旁推靠垫吗?

(2008.11.9)

人生从此孤独

有时候我想,莫非孤独这东西也有遗传性不成?记忆中,祖父是个孤独的人,他极少同人交往,漫长的冬夜里就自己一个人哼着不知什么歌在油灯下编筐编席子;父亲更是个孤独的人,在公社(乡镇)当了那么多年党委宣传委员,几乎从未看见他往家里领过同事,也没人来访,他回到家就捧一本书往坑上一躺。作为两人的孙子儿子的我也如出一辙,习惯于独往独来,从来不知道什么叫孤独。说热爱孤独未免玩"酷",反正就是没有和谁亲近的欲望。听母亲说,我从小就喜欢自己一个人玩,上学后也不跟同学一块儿嬉闹,一个人屁颠屁颠背书包出门,再一个人屁颠屁颠背书包回来。这么着,就只剩下一项活动:看书。因为看书是最孤独的活动。

或许上天关照,许多年后我当了大学老师,因为相对来说,大学老师是最可以孤独的职业。一学期哪怕不跟领导说一句话,不和同事打一声招呼也照样过。无非铃响一个人进教室讲课,铃再响下课一个人回家备课看书爬格格罢了。窗外一轮孤月,案前一盏孤灯,手中一杯清茶——乖乖,简直神仙过的日子,给总统或国务院副总理俺都不做!诚然,大学老师不是旧时私塾先生,集体活动也还是有的,而大凡集体活动都没给我留下多么温馨美好的回忆。每次参加之后都让我更加迷恋一人独处,由衷地想孤独是何等流光溢彩、妙不可言!

记得十年前在广州那所大学工作的时候,期末一次集体旅游,不知何故,几乎所有领导和同事都声情并茂地动员我务必参加一次。我也并非老那么不通情达理,于是随大家上了旅游大巴。一路青山绿水白云蓝天花香鸟语阳光海滩,车移景换,心旷神怡。只是不巧我和领导坐在一起,一个劲儿歪头盯视窗外毕竟有些失礼,却又不知和他说什么好。交谈如沙漠里的水,刚流出就渗进沙子不见了——讲课写文章我或可不时妙语连珠,而此时硬是搜刮不出词来。下午烧烤,之后转去娱乐厅卡拉 OK 撒欢儿跳舞。我溜边走了。独自沿田间小路缓步前行。晚风,稻田,远村,归鸟,蝉鸣,脚下泥土和荒草亲切的感触。我爬上一座山冈,在山坡草丛中弓身坐下。脚前有两三株山百合,静静挑起三四朵嫩黄色的花。旁边二三十米开外有一小截残缺古旧的青砖墙,墙脚长着几丛高高的茅草,小马尾辫般的白色草穗随风摇曳。寂寥,空灵,安谧。放眼望去,夕阳已经落山,几抹晚霞贴在天际,一缕夕晖从晚霞间闪闪泻下,把大地、百合和茅草镀上了一层金黄色的光晕。注视里,倏然,一种巨大的悲悯和慈爱如潮水一般把我整个拥裹起来,我觉得自己是天地间最幸福和最不孤独的人,甚至觉得只有孤独才会不孤独。

而今,我陷入了孤独之中。

不到两年时间里,我失去了母亲,又失去了父亲。父母的去世让我忽然明白,多少年来我之所以不知道孤独,是因为父母在。父母在,自己哪怕跑得再远,也不觉得形单影只,年老的父母就像远方天际的那缕夕晖陪伴和温暖着自己。抑或,自己如同一只风筝,即使飞得再高,线也牵在父母手里。如今父母走了,我就成了断了线的风筝,孤独地飞在没有夕晖的高空,飞向苍茫的天际……

是的,从今往后,再没有人因为我而为日本列岛哪怕轻微的地震而牵肠挂肚,再没有人因为我而特别关心广州那座城市的天气预报，再没有人因为我而对央视新闻联播中偶尔闪现的青岛海岸而紧紧盯住不放。说起来，父母在青岛住过两年，住在我在市中心为他们租的房子里。那时母亲的记忆力已经很不好了，住了一年多还找不到附近的菜市场。一次外出，两人都忘带钥匙进不了门，母亲却清楚记得我的电话号码，得以请邻居代打电话找我拿钥匙过来。事后问起，母亲说："那怎么能忘呢？一辈子都忘不了！"

世界上还会有一个人纯粹因为爱而一辈子记得我的电话号码吗？

人生从此孤独。

（2009.4.9）

那个格外冷的冬天

我是一九六八年冬天初中毕业的。本应七月毕业,但时值"文革",无所谓学制。甚至毕业都算不上。然而我毕业了,毕业回家,回家去生产队(村)干活儿。记得那年冬天冷得格外狠,滴水成冰。没想到,比这更冷的冬天正在那里等我。

十五六岁的我白天挥舞尖镐刨冻粪,晚饭后摸黑去生产队队部的大筒屋子开批斗会——批"地富反坏右"黑五类。批别人倒也罢了,问题是批的是我爷爷,我亲爷爷。

准确说来,批的不止我爷爷。记得那天大筒屋子南北两铺大炕坐满了人。正中间房梁吊着一个一百瓦灯泡,灯泡下放一张瘸腿桌子,桌旁坐着政治队长、贫协主任,要挨批的三个人在桌前站成一排。三人年龄都五六十岁,胸前都挂着一块小黑板,头上都戴尖顶纸糊高帽,黑板和高帽上用白粉笔或毛笔歪歪斜斜写着三人的名字(名字被大大打了个红×)。爷爷个头高，站中间，罪名写的是"地主还乡团团长"。左侧谢二爷："现行反革命分子"，右侧朱大爷："国民党建军军长"。

批斗会开始前政治队长高声念毛主席语录，伟大领袖毛主席教导我们说"千万不要忘记阶级斗争""阶级斗争，一抓就灵"。念罢不知何故，小学没毕业的他居然足够流利地背了两句毛主席诗词："四海翻腾云水怒，五洲震荡风雷激，要扫除一切害人虫，全无敌。"批斗会先批我爷爷。红眼边贫协主任揭发说我爷爷枪法特准，曾一枪打下过两只野鸭子——"打鸭子都那么准，打人还能不准吗？快交代你打死过多少贫下中农！"爷爷分辩说自己只打野鸭不打人……"你还敢狡辩！还不认罪！"于是有人从后面按我爷爷的脖子叫他低头认罪。爷爷生性倔强，按一下他挺一下，死活不肯低头。这当口，坐在我身后的从县城一中高中毕业回来的小伙子突然举起拳头高喊："打倒林×× ！"没等我回过神，他又喊道"敌人不投降，就叫他灭亡！"很多人随着他举拳高喊。有人捅我让我举拳。我没举拳，攥拳低头不动。地主夸爷爷活干得好我是听爷爷说过的，但那和当"地主还乡团团长"是两回事……

这就是我初中毕业回乡后上的第一堂课，我的"冬天"也由此开始了。再举个例子。家里八口人只父亲一人吃商品粮，剩下的都吃生产队毛粮。毛粮要用石碾石磨去掉外壳才能吃，为此要去生产队牵毛驴拉碾拉磨。驴少户多。为了抢先，我和弟弟后半夜不到三点就爬起来，踏着白茫茫陷脚的积雪，冒着无数针尖般的寒风，在满天星光下赶去一两里外的队部排号牵驴。但有时即使排在第一号也牵不回来——就因为我们是"地主还乡团团长"的孙子。看我们哥俩冻得什么似的白跑一趟，母亲心疼得直掉泪。实在没办法了，母亲和我、大弟三人只好替驴拉磨推碾。磨还好一些儿，而石碾太重了，重得让我不由得想起毛泽东《为人民服务》里的"重如泰山"之语。我和弟弟肩套麻绳弓腰在前面拉，母亲在后面抱着碾杆推。随着我们沉重的脚步，泰山般的碾砣吱吱呀呀一圈圈转动，谷粒开始在石碾下窸窸窣窣呻吟，极不情愿地脱去外壳。更糟糕的是，碾房只是个"马架子"（房子框架）围了几捆秸秆和玉米秸，下雪时棚顶漏雪，刮风时四面透风。风大了，碾盘上的谷糠连同地下的灰和雪便打旋刮成一团，母子三人一时腾云驾雾，成了糠人、灰人、雪人。有老咳嗽病的母亲就更咳嗽了，单薄的棉衣下支起的瘦削的双肩痉挛一般颤抖不止，看得我心都碎了。那时最大的愿望就是拥有一头毛驴和不透风的碾房。

这还不算，连起码的娱乐和尊严也被剥夺了。一次劳动间歇时我吹笛子解闷，红眼边贫协主任厉声喝道：别吹那鸡巴玩意儿！一位叫陶海河的中年人大概实在看不下眼了，对贫协主任说："孩子吹个笛子你也不让，你这人也太过分了！"并不夸张地说，那句话是冬天里的冬天仅有的一丝温暖，一缕阳光。

爷爷后来活到八十岁，活到改革开放后的九十年代。直到去世爷爷都没原谅欺负他的孙子的贫协主任，也没原谅就住我家后院的那位高喊打倒他的高中毕业生。"原先见面一口一个林大爷，怎么就一下子喊打倒我了呢？喊得出吗？忒不像话！"不妨说，爷爷至死都没理解"文革"是怎么回事。

多少年过去了，贫协主任和那个高中生都已不在这个人世。陶海河还在，仍能下田干活儿。近几年每年回去都去他家串门，硬塞给他一个红包——多少算是感谢冬天里的那丝温暖、那缕阳光。

（2013.1.13）

书的背影

　　有读者问我小时候读过什么书,有编辑问我什么书伴随过我的成长,促使我从书橱深处掏出几十年前的读书笔记和幸存的"珍藏本"。翻阅抚摸之间,思绪逐渐从纷扰的现实中剥离出来,赶回久违的少年岁月,赶回阔别的故乡山坳,开始追索已然远去的书的背影⋯⋯

　　的确,书犹朋友。回首人生旅途,或长或短每一段路都曾有朋友相伴。书亦如此。有的陪我们迎来朝暾初上的清晨,有的陪我们送走风雨潇潇的黄昏,有的陪我们走过荆棘丛生的山路,有的陪我们漫步柳浪闻莺的沙堤。我们从一个驿站奔向下一个驿站,脚步从不停止也无法停止。而陪同我们的书却在一个个驿站留了下来,默默目送我们渐行渐远的背影。而当我们走出很远很远之后,也会不期然停下脚步追寻书的背影。其中让我们凝望最久的,莫过于伴随我们度过孤独、敏感而又脆弱的少年时代的书的背影。那与其说是朋友，莫如说是恋人、初恋的情人——曾经的回眸、曾经的笑靥、曾经的惊鸿照影、曾经的呢喃细语，竟是那样真切，那样清晰，恍若昨日。是的，有什么能比旧日恋人的背影更让人刻骨铭心、梦绕魂牵呢？现在，就让我从尘封的记忆中，觅出这样的背影。

《三国演义》：小学四年级读了一次，初一读了一次，是我最熟悉最推崇的一部古书。"玉可碎而不可改其白，竹可焚而不可毁其节"——这铿锵作响的语句，在很大程度上规定了我日后的价值取向，奠定了气节和信义的基础，使我在相当困难的时候也守护了自己最看重的东西。即使现在，我也固执地认为《三国》是男人的必读书，她锻造男人的脊梁，向男人体内注入一种凛然难犯的阳刚之气，男人因之过渡到男子汉。

《说岳全传》：它让我懂得昏君和奸臣当道、堵塞贤路是何等可怕惨烈的事情。"闻岳飞父子之冤，欲追求而死诤；睹秦桧夫妻之恶，更愿得而生吞。"字字句句，何等荡气回肠，掷地有声，至今言犹在耳，使我对趋炎附势落井下石的小人一向采取鄙夷和厌恶的态度，不屑与之为伍。

《千家诗》：这是我从同学手里借得而存心未还的一

部真正的线装书，"上海大成书局印行"。时值"文革"，除了《毛主席诗词》，这是我手头唯一地道的旧体诗集。在当时，这样的书是焚烧对象，只能偷偷地读，以至我现在仍觉得偷读之乐是极妙的快乐，甚至觉得书只有偷读才快乐。诗集后面附录的"笠翁对韵"也让我痴迷至今："天对地，雨对风，大陆对长空，山花对海树，赤日对苍穹，雷隐隐，雾蒙蒙，日下对天中，风高秋月白，雨霁晚霞红……"在学了外语的今天，我愈发对汉语这种无与伦比的形式美和韵律美怀有由衷的虔诚和敬畏。毫无疑问，汉语乃世界语言方阵中当之无愧的仪仗队。

《监狱里的斗争》：这部长篇小说的作者已经忘记了，但主人公在狱中写的那首"明月千里忆伊人"则始终未能忘怀，几乎可以一字不差地脱口而出："当年，在辽远的故乡，正值春夜未央。我们踏着明月的清光，沿着清溪的柳岸徜徉，绵绵倾诉各自的衷肠。春风卷起层层细浪，露水浸润薄薄的衣裳。年轻的姑娘，谊厚情长：鼓舞他万里飞翻，投身革命的沙场！"这首诗在乡间一个文学少年的心中激起过何等美妙而圣洁的遐思啊！她让我对革命者的爱情产生了深深的向往之情，凝固了心目中的爱情意象。

《红旗谱》："小杨树一房高，嫩枝上挑着几片明亮的大叶子的时候，把涛娘娶了来……小杨树冒出房檐高，叶子遮起阴凉，风一吹哗啦啦响的时候，媳妇生下了运涛……"——说来不可思议，就因了这几行，至今散步或出游时我的目光都下意识地搜寻大叶杨的姿影。每次与之相遇，都像见到久别的亲人，站在她特有的浓荫下，对着挺拔的白色树干和哗啦啦响的叶片沉默良久，回味远逝的少年情怀，回味莫名的乡愁，即便身在远离故土的异国他乡。

《北极星》：吴伯箫这本散文集是我仍可在书房中找出的当年爱不释手的几本书之一。作家出版社一九六三年出版，印数四万册，定价三毛八。纸泛黄了，书脊几乎剥落，扉页写有父亲的名字，里面让我用红蓝铅笔和钢笔划满了道道，还在每篇最后的空白处自作聪明地总结了"写作手法"，日期多是一九九六年一月。也的确是她教了我一些"写作手法"，同时让我至今仍习惯于睡前看一两篇散文，把"漂亮句子"带入梦乡。不妨说，没有吴伯箫这本散文集，也就没有我今天的散文习作。

特别想说几句的是，我的少年时代是在东北一个只有五户人家的小山村度过的,能读到的书非常有限。除了偷翻在公社当一般干部的爸爸的书箱——他不满意我看《三国》《水浒》等所谓旧书——只有同学和伙伴之间互借。不知道图书馆为何物,买书也很困难。公社供销社的文具柜台里只摆着一二十本连环画,县城倒是有个新华书店,但去三十里外的县城甚至比现在出国还难。实在没书看了,就看墙上糊的报纸。至于书桌就更无从谈起了——八口之家,仅靠在外地工作的父亲的四十七元的工资生活,睡觉的地方都成问题。又没有电,晚间看书抄录"漂亮句子",只能趴在柜角、炕桌或窗台上。现在都好像能闻到煤油灯"滋啦"一声烧焦额前头发时那股特殊的焦煳味儿。

最后,让我作为附录把我小学五六年级和初中期间(1964~1968)主要读的书目抄给大家。多数是从读书笔记和不完全的日记中抄录的,作者的名字或有或没有。我想,那既是我读过的书的背影,也是我自身的背影,同时也未尝不是整整一代人的背影和一个时代的背影。

(2005.8.28)

附录：

西游记/英烈传/说岳全传/水浒/说唐/千家诗/新增广贤文/杜十娘怒沉百宝箱/镜花缘（李汝珍）/三国演义/苦菜花（冯德英）/战斗的青春/白求恩大夫（周而复）/憩园（巴金）/青年英雄的故事/幸福（秦兆阳）/吕梁英雄传/迎春花/儿女风尘记/小小十年/少年时代（郭沫若）/敌后武工队/野火春风斗古城/烈火金刚/监狱里的斗争/赤胆忠心（王火等）/洮河飞浪/晋阳秋（慕湘）/红旗谱/草原奇兵/红旗飘飘/狼牙山五壮士/苗家三兄弟/青春之歌/红岩/虾球传/十万个为什么/创业史（柳青）/红日/香飘四季/草原烽火/高玉宝/平原枪声（李晓明）/林海雪原/铁道游击队/人的一生应当怎样度过（敢峰）/北极星（吴伯箫）/花城（秦牧）/毛主席诗词解释（郭沫若等）/水浒后传/普通一兵（波·儒尔巴著孙广英译）/真正的人/艳阳天/欧阳海之歌/红色交通线/贵族之家/红湖的秘密/阳光灿烂照天山（碧野）

开往火烧云的火车

暑假回乡。说夸张些，我既住在世界上最喧嚣的地方，又住在世界上最安静的地方。那是什么地方呢？铁道口！住所与铁道口为邻，相距不出五十米。火车经过的时候，轰轰隆隆，震天价响；没有火车的时候，安安静静，万籁无声。动与静，喧嚣与沉寂。平均每隔二十三分钟如此对比一次。也就是说，每小时差不多有三次机会让我感受这两个极端。强调一下，我这里说的不是铁道，而是铁道口。区别在于，火车临近铁道口铁定鸣笛。加上铁道口前边不远就是火车站，因此需鸣笛两次，间隔仅十秒左右。"哞——"如一千头老牛对着你耳孔一齐发出吼声，真可谓山鸣谷应天摇地动。两人交谈，此时再提高音量也没用，只见唇动，不闻其声。若不懂"读唇术"，再要紧的议题也必须中止。当然，若你想说"I love you"而又不好意思，此其时也。

然而我选择了铁道口,选择住铁道口旁边。选择的理由当然不是想说"I love you"。这把年纪了,说给谁听!说给火车听?你别说,没准真是说给火车听——我爱火车,喜欢火车。

老屋被石场埋没之后,我在距老屋几公里外的小镇得到两个住址选项:或靠近公路一侧,或与铁道口为邻。我毫不犹豫地选择了后者。我没有汽车也不喜欢汽车,尤其不喜欢汽车的自行其是川流不息。相比之下,喜欢火车,喜欢火车的节制和节奏意识。尤其喜欢静如处子动若惊龙的节奏感和日常性气势美。是的,日常性气势美。也许你会说,气势美何止火车。呼啸升空的飞机、破浪疾驰的战舰,岂不更具气势美?可我要说,那种气势美不具日常性,日常生活中谁能老看见飞机和战舰?可火车不同,但凡中国人,特别是三四十岁往上的中国人,谁没坐过火车——对了,铁道口已经暗示了,这里说的火车不是动车组不是高铁,那东西没有铁道口——慢车也好普快也好特快也好,硬座站座也罢硬卧软卧也罢,谁没坐过?可以说,火车是最具日常性的国民交通工具、最具日常性气势美的交通工具。少则二三十节,多则五六十节,节节相连,首尾相顾。就那样在火车头的牵引下在你面前齐刷刷轰隆隆列队风驰电掣。有时你不感觉像是来访或出访的国家元首检阅陆海空三军仪仗队？不管怎么说，最能打动生命体的，恐怕还是气势美、力度美。所谓一往无前势不可当，其最好的具象诠释，我以为非火车莫属。

幸运的是，我是在火车身旁长大的。从小学三年级开始直到上大学，一直住在距铁道二三百米的那个小山村。从解放型到建设型，几乎看过所有型号的蒸汽机车。圆滚滚的火车头里，但见工人一铲接一铲把煤抛入炉门，炉膛烈焰蒸腾，四十吨水于是化为滚滚蒸汽，推动一人高的车轮。呜——哞——哐器器、哐器器，吭唧唧、吭唧唧，轰隆隆，轰隆隆……那是名副其实的火车。而关于火车的文学性描述，当时最让我产生共鸣的，是老一辈作家吴伯箫《北极星》中的那篇名叫《火车，前进！》的散文。文中把火车比喻为沿着社会主义道路奋勇前进的新中国，字里行间充满了革命浪漫主义写作风格所特有的豪情壮志。受其感染和影响，再看火车时就每每觉得火车不仅仅是火车了。记得最清楚的一次，发生在因"文革"回乡务农期间，一九六九年。祖父被批斗，父亲受牵连，母亲娘家被质疑是"漏划地主"。中学瘫痪,大学停办。上学、招工、参军等出路俱被堵死,东南西北,哪边都找不见出口。只有入口,没有出口。那天干完农活儿回家,路上经过一座山冈,我放下肩上扛的锄头,摘下草帽,在冈顶草丛里坐了下来。我把右手握在左手腕上,合拢拇指和食指,指圈绰绰有余——胳膊为什么总不变粗?我又挽起收工时放下的带补丁的裤管,露出的小腿几乎没有腿肚,膝盖真真皮包骨——太瘦了!身体太弱了!干农活儿也未尝不可,可我没有干农活儿的体力啊!干农活儿不需要形容词,不需要作文和诗。怎么办?将来怎么办?我把下巴颏搭在支起的双膝上,泪水模糊了眼睛。绝望,绝望感。

忽然,山下传来火车一声长鸣。抬起眼睛,一列火车往西开去。西边的天空不知何时布满了火烧云,并且正在向自己头顶扩展,仿佛有人在挥舞着一块无比巨大的五彩幕布,红彤彤,金灿灿,光闪闪。辉映万物,笼罩四野。尤其是远方山梁与天空交接之处,真的像火车头的炉火一般熊熊燃烧,璀璨,辉煌,神秘,玲珑剔透却又深邃庄严。而火车正朝那里开去,开向火烧云,开向山那边、天那边……一往无前,势不可当。

凝望里,我不由得激动起来,振奋起来。随即抹一把眼角,站起身,迈动细瘦的双腿走下山冈。两三年后,我坐火车去省城上了大学。又过了四年,我带着母亲煮的二十个鸡蛋,坐四十八个小时的火车去了广州,去了远方。我知道,实质上自己坐的是那天傍晚开向天边火烧云的火车……

（2014.8.12）

山梁的那边

　　暑假。乡村，八月。晴空朗日，白云悠悠。午睡起来，我不在房前屋后转悠了，决定翻过南岭，到山梁的那边看看。走过小镇的镇中心，跨过一条小河，穿过一片间有红松的落叶松林，爬过山梁间最低的凹口，便是山梁的那边了。草坪般悠长而宽阔的下坡路。两侧是郁郁葱葱的阔叶林。颇有沧桑感的柞树、榆树，似乎风华正茂的桦树、枫树，不再婀娜多姿而风韵犹存的柳树，俨然睥睨群雄却资历最浅的杨树……我喜欢看树，自在、潇洒、蓬勃，真想抱住不放。也喜欢看花。有人说年老看树，年少看花。而我都看，都喜欢，不知是年老还是年少——年老年少之间的彷徨者。或者莫如说年老心少、心少年老。说法无所谓。

　　路旁果然有花，野花。一枝枝细密的无数白色小花，井然有序地塑出硕大的圆球，悬在黄褐色石崖边上，恰如白色的节日礼花在空中哗然绽开，看得我心花怒放。城里花店卖的"满天星"，就是其分枝不成？不过气势与生机断然无法相比。山脚一方洼地蹿出好多鼠尾草，紫色的长穗，一丛丛一簇簇，近看摇曳生姿，远看紫云迤逦，仿佛"勿忘我"或前几年在日本北海道看过的薰衣草。最多的是雏菊。或零星散落在蒿草之中，或成片相聚在田头之上。雀舌般的花瓣整齐地围在宛如金色图钉的花蕊周围，白里透蓝，或蓝中泛白，又略带一点点紫色。不起眼，不显眼，但你看它，它便绝不含糊地出现在那里，朝你静静漾出若有若无的甜美的笑意，让你过目难忘——世间竟有这样的存在和存在感！这不时让我记起初中班上一个女生，一个初一女孩，雏菊女孩……

我翻过的这道南岭和远处另一道南岭之间铺展开去的，全是玉米田，全是。没有我当年在乡下务农时的高粱、大豆、谷子，清一色玉米。玉米秧顶端正在抽穗。四下纷披，播撒花粉，花粉落在玉米秧腰间玉米棒无数发丝般的红缨上。每条"发丝"都应连着一颗玉米粒胚胎，倘花粉正好落于"发丝"，胚胎即发育成玉米粒，否则就"夭折"瘪了。而实际上绝大部分玉米棒都嵌满了珍珠般的玉米粒，多神奇啊！我一边看着想着感叹着，一边从白杨相拥的村路拐去玉米田间的小路。玉米阵列,玉米仪仗队,玉米组成的兵马俑。整肃,雄壮,阳刚,不可一世。好在偶有紫色的眉豆花攀缘其间,我得以舒了口气。

迈过一条水清见底的沙石小溪,前方玉米田闪出几座疏落的房脊。于是顺小路朝那里走去。人家的确不多。若把村子南面的山移到北面,像极了我以前住过的那座叫小北沟的小山村。村口有一只老母鸡领着七八只毛茸茸的小鸡觅食。老母鸡咕咕咕前边叫着,小鸡叽叽叽后边跟着,很快钻进篱笆下开得正艳的类似万寿菊的一片黄色菊丛里,又很快审到山墙拐角处几株浅红色的凤仙花下。倦慵,温馨,平和,寂寥。庄稼和蒿草特有的清香中夹杂着一丝干牛粪味儿。久违了,我狠狠吸了一口,吸入肺腑,往日的记忆带着质感复苏过来。不错,若把砖瓦房换成茅草土坯房,分明就是那个小山村。

我很想翻过这座山村前面的山梁,很想很想。我知道,过了那道山梁,应该就是加工河公社(现在不可能再叫公社了)。我所在的初一二班的班长叶茹同学来自那里。女班长,年龄偏大,身材丰满,中天满月般的脸庞。稳重,矜持,平时不大说话,而一旦作为班长站起说话便滔

051

滔不绝而又适可而止,具有奇妙的说服力和震慑力,再调皮的男生也不能不安静下来。"文革"开始后有大字报说班主任老师和她有"作风"问题。她肯定受到了伤害。对于一个少女,那绝非一般伤害。那是初一期末即一九六六年七月的事,此后愈发混乱,她再未出现。唯一听到的消息,是我上大学那年她已是两个孩子的母亲了。陈春茹,我的同桌女生陈春茹也来自那道山梁的那边。数学真好,我还在套公式步步演算的时候,她的得数早已出来了——省略过程,直奔终点,非天才而何?"文革"开始后迄无消息,不知远在天边,还是近在眼前——或是嫁来做了这座山村的某位阿婆亦未可知。还有,雏菊女孩也来自那里。当我后来听说她和一个当上公社(乡)小干部的同班男生结婚的时候,胸口明显划过莫可名状的痛楚,悄然找出全班合影看她看了许久。我这才知道,那可能是类似单相思初恋的情感……

但我最终没有翻过山梁。四十八年了,即使相见,我又能说什么呢?命运!玉米穗的花粉不巧没有落在属于她们的玉米缨"发丝"上——可我能这样说给她们吗?

(2014.8.9)

第二辑 ——

诗与远方：人到中年

那橘黄色的灯光

从东京回来快一年了。无论上野公园云蒸霞蔚的樱花，还是银座女孩五彩缤纷的秀发，抑或东大校园浓荫蔽日的银杏树，都已渐渐淡出记忆的围墙，唯有那一窗灯光留了下来。

那时我住在东京郊外一个叫川越的地方。住所附近有一条河，河边有一道堤，堤上有一条路。晚饭后我常沿这条荒草路散步。那灯光就是从路旁不远处一户人家的窗口透出来的。它所以引起我的注意，是因为它周围稀疏的灯光都是清白色的，只有它呈橘黄色。那是一座独门独院的木结构普通日式民居，同其他民居之间有些距离。木格窗约略凸出，拉着米色窗帘。窗帘大概较厚，使得橘黄色灯光显得格外沉稳、静谧和温馨。初春，灯光柔柔地吻着堤坡一片挤眉弄眼的蒲公英；盛夏，灯光轻轻地抚摸小院里几架绿叶婆娑的黄瓜；仲秋，灯光幽幽地照在门前矮柿树那金灿灿的果果上,相映生辉;寒冬时节则给晶莹莹的白雪镀上一层淡黄色的光晕,平添一丝暖意。

漫步河堤,或满天星斗,四野烟笼,或日落乌啼,夕晖敛去,或晚风送爽,皓月当空。而我的目光往往从很远的地方就擒住了那一点并不显眼的橘黄,临近了更是久久凝视不放。其实我根本不认识房子和灯光的主人,更谈不上登门拜访。可是那一窗橘黄色的灯光就是那么奇异地令我神往,撩拨我的遐思、幽情和怀想。

我猜想在那橘黄色的灯光下,早已铺旧了的榻榻米上一定盘腿坐着一位慈祥的老奶奶,正笑眯眯看着小孙儿在她膝头爬来爬去,手里拿着针线,慢慢晃着身子哼唱儿歌。于是我又联想到一位四处游历寻找幸福的西方人笔下的一段叙说:一日黄昏时分他走进一个村庄,看见一位老人正戴着花镜坐在葡萄架下的藤椅上借着夕晖看报,任凭一个小男孩趴在他背上淘气。看着看着,他忽然明白了什么是幸福——爷孙俩多么幸福啊!多么幸福的一幕啊!

也有时那橘黄色的灯光让我记起外祖母家那盏油灯。外祖母住在乡下,不通汽车,小时候和弟弟从县城步行三四十里,替母亲看望她。住了几天要走的时候,外祖母便让我们搭坐生产队进城的马车回去。动身的时候天还没亮,整个村子只外祖母家亮着灯。我和弟弟坐在马车上脸朝后看着,看着那亮灯的窗口,看着窗前外祖母矮小的身影。直到车出村爬上南岭坡路的时候,外祖母仍没回屋,就那样立在窗口灯光下一动不动朝马车这边望着。灯光越来越暗,外祖母的身影越来越小,最后身影模糊了,只剩下豆粒大的灯光固执地守在迷蒙的远处……几十年过去了,外祖母早已去世。我远在外地读书,不知道她哪一天去世的,不知道她的坟在哪一块地,甚至她慈祥的面容都已依稀了, 唯独曾照过她矮小身影的昏黄的灯光永远凝固在了我心房深处的影壁。

后来我明白了,那橘黄色的灯光所引起的关于老奶奶的猜想、关于看报老人的联想,以及对于外祖母的回想,其实是同一回事。它可以是对往日亲情的怀念,可以是对真正幸福的向往,也可以是对当下生活的质疑。我也明白了那橘黄色的灯光未必要在日本 , 也可以在美国 、 在希腊、在青岛、在香港……可以在任何地方。

（2004.10）

那一窗梧桐

初冬一个午后,我去老城区一家机构办事。等候时间里,我以黯淡的心情打量这家机构的办公室。建筑物显然是最不讲美感的二十世纪六七十年代的作品。水泥地,石灰墙,如果掀掉天花板,基本同废墟无异。可以说,在这寸土寸金的中心地段,它能继续发挥建筑物功能本身都已堪称奇迹。不料,当我的目光落在窗口的时候,我的心情顿时晴朗起来——满窗金黄色的梧桐叶正托着金灿灿的阳光交相起伏,浓淡有致,光影斑驳,那么亮丽,又那么安谧,那么轻盈,又那么幽深,仿佛远方山巅一方火烧云倏然飘来窗前,在人心底激起无限的悠思和遐想。于是我羡慕起那位坐在窗前办公的职员来了,心想每天拥有这一窗梧桐的人会是怎样一种心境呢?无疑,只要有这一窗梧桐,再简陋的房间也满室生辉。

我一直很在意窗口,在意窗外的景致。

我曾在南方最大也最繁华和富有的城市里生活二十几年,最不满意的就是那座城市住宅的窗口。具体哪一年记不确切了,反正注意到时整座城市的所有住宅楼公寓楼的窗口都胀鼓鼓冒出了防盗铁窗。铁的、钢的、不锈钢的,白的、黑的、亮晶晶的,形形色色,数不胜数。而且都极力向外扩张,成了真真正正的飘窗。时间稍长,就有红锈和着雨水顺墙而下,在浅色的外墙淌出长短不一的污痕。无论多漂亮多考究的公寓楼,也照样趴满这拖着一条条脏尾巴的铁格窗。恰如一身崭新的皮尔卡丹西装打了无数补丁,或少女身上漂亮的连衣裙哗一下子溅得满身泥巴,说有多么难堪就有多么难堪。我有一个朋友住在十七层竟也加了铁窗,问其故,他说一到十六层都加了铁窗,小偷会顺着铁窗爬进来的呀!得,得,人人自危,户户铁窗,端的"铁窗生涯"!我当时住二楼,更是非加铁窗不可。虽然我刻意仿照日式木格拉窗样式并使之紧贴外墙,但终究不是优雅的拉窗木格而是大煞风景的钢筋铁棍。窗外若是白玉兰或木棉花紫荆花倒也罢了,无奈前面不远又是对面楼的铁窗。更恼人的是那铁窗里阵列的又不是盆花,而是本应羞答答晾在卫生间里的诸多小物件,花花绿绿,迎风招展。还有时搭着滴脏水的地板拖布,甚至伸出扫帚拼命拍灰抖尘,尘土飞扬,扑鼻而来。本来正诗兴大发文思泉涌伏案疾书之际,一眼瞥见这番场景,顿时卡住咽住。以致我终究未写出一首浪漫好诗一篇抒情美文,只能为提职称写干干巴巴的所谓学术论文,心里好不气恼。总之我恨铁窗。恨自家的铁窗,恨别人的铁窗,恨全城的铁窗。我暗暗在心里发誓:若我做了市长,下的第一道市长令就是取消铁窗,让所有市民和整座城市终止"铁窗生涯",何其快哉!

遗憾的是,没等我当上市长,我就北上来了青岛。所以来青岛,固然原因多多,但青岛极少有铁窗至少是一个不大不小的原因。在青岛得到住房后我当然没安铁窗。向外望去,了无隔阻,蓝天寥廓,白云悠悠,颇有"久在樊笼里,复得返自然"之感。美中不足的,是没有那一窗梧桐。

于是想念那一窗梧桐。试问,一套室内装修和陈设不亚于"五星级"的高档公寓而窗口面对邻楼的防盗窗或一堵墙,一座简陋的平房而窗外是枝影婆娑的梧桐,你要哪个呢?我反正是要后者。当然,未必非一窗梧桐不可。也可以是一窗翠柳一窗槐花或一窗雪岭一窗松涛。古人诗句中的"窗外落晖红"更是令人心驰神往。不过,作为一介教书匠,实在没有经济实力买一座别墅坐拥如此窗外佳景,只能寄希望于退休了。我早想好了,退休第二天就坐长途公共汽车去乡间租一间茅屋。准确说来是租个窗口——春天窗口有一两株晃动喜鹊身影的正开花的杏树,夏天窗口有三五棵爬着牵牛花的小太阳般的向日葵,秋天窗口两三棵结满黄得透明的大柿子的柿子树(最好还有正偷吃柿子的小松鼠),冬天窗口但见无数小蝴蝶般的六角雪花款款雕就满树枝条上的雪挂。我就坐在一把藤椅上,手拿一杯清茶从早到晚望着窗口……如此越想越美,差点咬着被角笑出声来。

(2006.1.9)

青岛:我的城市

　　我祖籍山东半岛的蓬莱,生于东北乡下。这两点在很大程度上规定了我对城市的态度和取舍。生于乡下,使我大约像很多乡下人那样,自小对城市充满向往之情而又无法衷心热爱她。祖籍山东,使我在自我认同或故乡认同上面产生了困惑——从一开始我就没有完全接受生身故乡附近的长春,而南下游走广州,大半生过后,忽然拐回了和祖籍同属山东半岛的青岛。

　　但无论如何,我必须感谢城市。因为人生的转折、骄傲和荣光都发生在城市。长春七年,使我由农民晋升为"工农兵学员"并拿到了不妨称为"黄埔一期"的硕士学位;广州十八载,使我这个外省乡下人成为广东省当时最年轻的文科副教授并进入了教授这个终点站;青岛八年是这篇小稿的主题,容稍后再说。

　　与此同时,人生的失意、悲怆和痛楚也集中发生在城市。最为刻骨铭心的一段出现在北上青岛之前的广州。在别人看来，我应该和往常没什么不同。同样去教室授课，同样参加会议，书房灯光同样亮到深夜。没有人刻意贬低我，我也没有变得面黄肌瘦。然而我的人生小船确确实实驶入了最艰难的航段，就好像所有广州市民都外出欣赏灿若云霞的木棉花和芳香四溢的白玉兰时，只我一人在凄风苦雨中蜷缩在阴暗的灌木丛舔拭经久不愈的伤口。

就在这时，青岛出现了，奇迹般出现在我生命的进程中。

二十世纪末，借开会之机，我由济南转来青岛。第一次来青岛。奇怪的是，虽是第一次，感觉上却好像来过许多次。有一种村上春树所说的"déjà-vu"（既视感），一种似曾相识之感。老城区小巷蜿蜒的石板路和带小院的红瓦黄墙的旧式民居，宽阔的主街旁不时闪现的葱郁的林木和偶尔从中探出的尖屋顶，旅馆附近大片草地和老槐树间时而飞起的喜鹊，都让我产生一种久违的亲切感。一切那么平和、安谧、古朴而又带有几分寂寥、索寞和忧伤。我远远避开了青啤商标上的栈桥阁楼，而在一个人影也没有的海边找一块大石头坐下，静静地眼望大海。海水从我胸前平展展无限铺陈开去,除了偶尔驻留的云影、飞掠的鸟影和飘摇的帆影,水面一无所有,辽阔、安详、坦荡、浩渺。后来,我的目光久久停留在水天相接的迷蒙的远方。恍惚觉得那里有一股巨大的磁力,像吸引我的目光一样把我整个人一忽儿吸了过去。我已不住石头上,我没有了。我没有了,我从广州带来的痛苦也没有了。

那时青岛东部的麦岛一带还没怎么开发。从海边回旅馆,要穿过一大片渔村。村里多是青砖平房,都有院落。我在村里的小路上慢慢走着。忽然,一股烤地瓜特有的香味飘来。我一向中意烤地瓜,加之肚子有些饿了,急忙循香味儿找去。很快,在一条胡同里找到了,一个十五六岁的红圆脸小姑娘正在通红的炉火上翻弄焦黄的烤地瓜。我要了一个大的,一称,一块五。我摸出两块给她。见她一时翻不出找零的五毛钱,便说不要了,不料女孩儿追了几步把一个小地瓜塞进我提的塑料袋。前行不远,但见一堵残缺的青砖院墙上爬满了牵牛花,紫的、粉的、蓝的、白的,鲜艳艳水灵灵轻盈盈的,同破败的院墙既成鲜明的对比又那么相得益彰。有多少年没见到牵牛花了呢?没闻到地瓜香了呢?没见到北方少女那被风吹红的粗糙而朴实的圆脸了呢？顿时，一股莫名的乡愁从心底缓缓泛起，眼睛不由有些湿润。直觉告诉我，青岛是我后半生的归宿，她不是别人的城市，而是"我的城市"——她唤醒了我心中沉睡的"原生风景"。

命运这东西也真是不可思议，返回广州不久，青岛一所大学即通过朋友问我愿不愿意去青岛。这样，我在一九九九年初秋北上到了青岛——安眠于蓬莱故土的祖先终于将其游子唤回了半岛另一端的青岛，并让他从这里守望其生身故乡的关东平原。

碰巧，来青岛后分得的房子正好面对我当时坐看大海的位置，于是我附庸风雅，将书房取名为"窥海斋"。最初因前面是片平房，望海毫不困难；后来立起一排六层商品楼，真正从两楼之间的空隙窥海了；如今，平房被夷为平地，几十层高楼接二连三巍巍然拔地而起，连窥都不得窥了。

青岛民风较为淳朴，市民戒备心不强，说古风犹存亦不为过。在公共汽车上一般都会主动为特别需要座位的人让座，农贸市场一般没人讨价还价，极少有小偷小摸，街上闲杂人也不多。

最后我想指出的是,青岛虽然总体上是一座小市民气息浓厚的城市,但毕竟是古代产生过田横五百义士和现代闻一多留下身影的地方,其流风遗韵至今犹然发出苍凉而执着的回响。如以苦难意识和历史责任感写就《中国一九五七》的尤凤伟,穷尽十几载精力默默从尘封的繁杂史料中梳理出《束星北档案——一个天才物理学家的命运》的刘海军,以还原历史本面目的使命感撰述《文武北洋》的李洁,敢于发出"带伤的滴血的嚎叫"的《藏獒》作者杨志军——他们堪称青岛真正意义上的知识分子,其笔端腾跃的良知,无疑是青岛这座城市的灵魂。行文至此,我的耳畔清楚响起杨志军的声音:"即使所有人都喜欢污浊,我也要洗干净自己的灵魂!""姿态可以低贱,灵魂却一定要高贵!"不用说,一座城市将因为拥有这样高贵的灵魂而高贵。也只有这样的城市才可以最终定格为"我的城市"。

我的漂泊将在此终止。

（2007.9.30）

另一种怀念

有人说，年轻人的目光总是坚定地投向玫瑰色的未来，而当一个人总是回头眺望来时路上那缕天际余晖时，便说明他已经老了——我大概就到了这一年龄的临界点。的确，日常生活中，较之对前程的希冀和憧憬，更多时候是对过去的回顾和怀念。怀念故乡那老柳树下凉森森的辘轳井，那小彩蝶般轻盈盈的杏花，那红得透明的圆溜溜的海棠果，怀念祖母额头慈祥的皱纹，怀念小学语文老师脸上的庄严……

也有时怀念并未消失很久的身边景物。

我是一九九九年暑期调来青岛的，调来不多日子我就发现宿舍后面那座小山是独自散步的好去处。一个人生活，加之人地两生，没什么朋友，除了教书看书，剩下的朝朝暮暮几乎全给了那座小山。出西校门不用五分钟就到山下那条小路。路极幽静，几乎碰不到人，脚下是软绵绵绿油油的杂草,路旁是不很高的刺槐和青松。路虽不长,但弯拐得很潇洒,随着渐渐隆起的山坡呈月牙形拐去另一侧,看不见尽头,我也有意不走到尽头,就在这长不过一二百米的荒草径上来回悠然踱步,小心享受"曲径通幽处"的美妙意境和无尽遐思。也有时爬上小山顶,从松树梢头眺望前方时而雾霭迷蒙时而水天一色的海面。

秋天很快到了。小路两旁的灌木丛硕大的对生叶片变得红彤彤的,紫色和粉色的牵牛花或爬上槐树干齐刷刷举起小喇叭,或在树下密麻麻绽开娇嫩的笑靥。白里泛蓝的单片野菊花早已在路旁一伙伙摇头晃脑,不多日又有金灿灿的重瓣野菊一丛丛偎依着岩块或躲在树荫里舒眉展眼。偶有石竹花娇滴滴点缀其间。石竹花大约和康乃馨属同一家族,自动铅笔芯一般纤细的绿茎毅然挑起两三朵铜钱大小的镶着锯齿形白边的泛紫的小红花,分外惹人怜爱,极具秋日情韵。黄昏时分,夕阳把金色的余晖从山那边一缕缕斜洒过来,使这片山坡的花草树木更加显得光影斑驳,静谧温馨,漾出令人心醉的柔情。我就忘我地在那里流连忘返,由衷地觉得人世是多么美好,人生是多么美好,活着是多么美好。下山时偶尔采几枝野菊,带回插在小瓷瓶里置于案头。野菊花到底生命力强,插一星期都花色不褪花香不减,乖乖立在那里,默默陪我备课陪我阅读陪我涂鸦。台灯柔和的光环照着我、照着它。那是同美丽的邂逅,同田园的邂逅,同生命的邂逅。可以说,它是我来青岛后的第一个朋友,还有它的同伴:红叶、牵牛花、石竹花、荒草径……

可是我已有三四年没见到这个朋友、这伙朋友了。

又一个秋天过去,再一个秋天到来的时候,同样在那条小路,我惊愕地发现一台铲土机正举起巨臂,用铲斗把一棵爬满牵牛花的小槐树恶狠狠连根铲起,树底端的野菊花瑟瑟痉挛着随土块落下。惊愕之余,我开始愤怒,一股热血涌上头顶。瞧见一个老板模样的中年男子走了过来,我当即问他为什么把树铲掉你们要干什么,他缓慢而坚定地回答:"开发!"我问就不能去别处开发吗,他应道:"上头说了,就这里,这里正好开发!"

后来我去了日本。一年后回来,我再次惊愕地发现原来的小路一侧矗立起好几座以蓝白两色为基调的市立学生公寓,另一侧仍有铲土机给山坡开肠破肚,小路本身也拓宽变成平展展的柏油路面,两边人行道铺着彩色地砖。

对此我不知是应感到欢欣鼓舞，还是应为之黯然神伤。是的，我能说什么呢？我带的研究生就住这漂亮的公寓群里，每天迎着初升的太阳踩着彩色地砖骄傲地走去教室。试想，如果仍是那条小路和那片山坡，我的研究生住在哪里呢？然而问题是，那美丽的牵牛花野菊花很可能就在我的研究生的书桌和床铺的水泥地板下呻吟，那楚楚动人的石竹花说不定就在彩色地砖下吞声哭泣。如今我的朋友固然多起来了，但我最初的朋友却永远被压在了黑沉沉的地层深处，再也见不到它们撩人情怀的风姿，我的案头再也不会有那束野菊花同我对视对语，而它们当初曾给我这个异乡人的心灵那般深情的慰藉！想到这里，我的胸口缓缓塞满难以言喻的痛楚。

我知道，那其实更是怀念，另一种怀念。

（2005.4.25）

母亲的视线

母亲回乡了。三弟来接,和父亲一起跟回去了。留下住了两年的房间,留下小院里精心侍弄的花草。房间里她能洗的都洗了,床单、枕巾、靠枕套。院里的花草好像刚浇过水,土湿润润的,叶亮晶晶的,花开得正艳,蔷薇、月季、矮牵牛、金盏花……

几天来我神思恍惚,做不成事。心里开了个洞,洞比预想的大,没有底,无论投进什么都不见形体,也不闻回声。父母住的房子是在靠近市中心的地方租的,和我相距几站路。直到几天前那里还装满我们的说笑、我们的亲情和欢乐。而现在人去楼空。开门进去,没了厅里沙发上看电视的父亲的笑脸——沙发空了;没了从里面房间颤颤巍巍走出的母亲的身影——床铺空了,没了四下里那熟悉的特有的气味——空气空了。空了,都空了,一如我的心。转而又觉得没空,父亲从沙发站起,母亲就在眼前,气味重新聚拢……

　　母亲在青岛住了两年。虽然每星期只能去看望一两次,却是三十多年来和我在一起最长的两年。三十多年时间里的我,或远在岭南,关山重重;或浪迹海外,烟波迢迢;或经济上自顾不暇,穷困潦倒;或生活上风云突变,颠沛流离,始终未能实现膝前尽孝的宿愿。寒来暑往,斗转星移,我老了,母亲更老了——头发由青到白,皱纹由少到多,脚步由快到慢……这次接来,本打算让二老一直住下去。不料母亲说她到底有些想念东北那边我的五个弟妹,一再要走。其实,更主要的原因是怕我为她受累和花钱。说我熬夜挣钱不容易,当妈的不能帮着挣倒也罢了,哪能帮着花呢!我再三解释反正我是要熬夜的,钱反正是要花的,但她反正就是不信,非回乡不可。

　　两年相聚,母亲身上有两点让我感触最深。一点是她对苦难的淡漠。我家过去穷,父亲挣四十七元钱且远在百里之外的公社工作,一两个月才回家一次。家里只我母亲领我们六个小孩儿过。推碾、拉磨、种自留地、侍弄园子、养猪都是母亲一个人干,一年四季的衣服和鞋也要母亲一针一线做出来。一次闲聊,她说有两年因为做完我们的棉衣后再没东西没钱了,自己两个冬天没穿棉裤。那年外婆有病,要去探望都没有出门穿的裤子,只好找邻院借。我听了十分吃惊和心酸。家穷我是知道的,但不晓得穷到那个地步。东北的冬季十分了得,冰天雪地,北风呼啸,滴水成冰,穿棉裤甚至都抗不住。我现在都能切实感受到挟雪的冷风从裤脚钻进来时那彻骨钻心般的冷。而母亲竟穿着单裤!借裤子外出对母亲无疑又是一种伤害。母亲是外婆的独生女,昔日家境宽裕,上过旧式学堂,人很要强。不难想见,那种情况下的母子相见会是怎样一种心境。可是,母亲现在谈起来语气是那样轻描淡写。不用说,母亲经历的苦难我也经历过一些。之于我,那段苦难好比书橱里自己分外珍惜的一本书,翻阅时我会反复审视它的质地、叩问它的含义,追寻它的投影。相比之下,母亲却把它当作一件旧物随手收进抽屉。

再一点就是母亲仍把我看成小孩子。我已年过半百了,可母亲依然一口一个孩子叫我。冬天摸我的腿,说这孩子这么冷怎么就穿一条单裤;夏天摸我裸露的胳膊,说这孩子好像有点瘦了。于是吃饭时再三叫我吃肉,为了健康而刻意不吃肉的我只好夹起一大块肉放进嘴里,她这才现出欣慰的笑。一旦我不在屋里,她就"这孩子哪去了"念叨着里里外外寻找。每次离开,母亲都从窗口、门口或从小园子门前看我,久久看我的背影,一副恋恋不舍的样子。有时还从园前慢慢挪动着看我拐过第二个路口、第三个路口。一次我走远了因忘拿东西拐回来时,发现母亲仍站在那里望着我去的方向没动。这样,每次我的背都带着她的视线离去。回想起来,母亲一直是以视线送我的。小时候带着她的视线走去课堂,上大学时带着她的视线奔赴省城,毕业后又带着她的视线远走天涯……可以说,母亲的视线从未移开过我的背部,自己也从未走出过母亲的视线。

母亲回乡后,无意间我开始思索母亲为何对往日的苦难那般淡漠。我想明白了:那是因为母亲心里装着儿女,为了儿女再苦再累也心甘情愿,再大的苦难也不曾放在心上。如今,母亲觉得自己无法像过去那样为儿女、为我付出了,唯一能付出的只有悄然回乡和不变的视线……

(2006.5.31)

八十年代：贫穷与奢侈

对于我这样的"50后"和经历过"文革"的人来说，八十年代尤其是值得回首的年代。

那首先是个贫穷的年代。虽说已经改革开放了，但生活水平没有什么改变。我一九八二年研究生毕业后南下广州当大学老师，说起来怕你不信，一个月工资七十一块五，还不如现在半天的薪水！七十一块五买东西，一是买不着，猪肉鱼肉等副食品仍凭票供应，一张票买二三两肉或一个鱼头鱼尾什么的；二是买不起。广州毗邻港澳，居民大多有外币汇入（时称"南风窗"），物价偏高。说出来你别见笑，我大体是穿着在学校西门外地摊上买的衣衫裤子上台给港澳生、侨生讲课的。一次学生请我去郊外旅游，买了软包装饮料给我，而我竟不知道怎么喝到嘴里——不知道把塑料管插进锡纸孔往嘴里吸，还是一个调皮鬼漂亮女生笑嘻嘻帮我解围的："林老师我的林老师,瞧你瞧你,你也太书呆子了!"还有,一九八五年我翻译了二十八集日本电视连续剧《命运》,译一集播一集。因为没有电视机,播出后只好到一位年纪大些的同事家里看,伸长脖子看自己翻译成的中国话如何经配音从山口百惠和大岛茂等日本人嘴里出来。两位香港来的男生知道了,半夜敲门给我从香港背回一台彩电——彩电!——拿到稿费后(每集五十元)才好歹把钱还上。

但同时那又是个奢侈的年代。说起来同样怕你不信,一九八二年从吉林大学研究生院毕业时只有一个选择——其实那已谈不上选择——只有当大学老师一条路。中山大学要我,而学校把我分去暨南大学。因为后者当时没有日语专业,我就闹着要去中山大学。还为此在晚饭后散步时一拐脚找到研究生处处长家,坐在床沿上照腹稿同她理论了一番,她一边收拾碗筷一边笑着劝我别闹,哄我说去那里一定有好果果吃。"那是国务院侨办系统的指标。听说你女朋友在广州,你不去谁去?何况绝对是好学校!"说实话,我不过是"工农兵学员"出身的文学硕士,而同现在的博士们——海归也罢本土也罢——毕业后甚至求告无门的状况相比,你不觉得这太奢侈了?

奢侈的还不止此一桩。去暨南大学一看,原来学校董事长是当时国务院侨办主任廖承志,校长是时任广东省省长的梁灵光。我的顶头上司(我几乎去了就当日语教研室主任)即外语系主任是广东省人大常委会副主任曾昭科教授,系副主任是我国著名的英国文学翻译家、诗人翁显良先生,系里就主办一本全国发行的刊物《世界文艺》,一九四九年以前连大名鼎鼎的钱钟书都是系里的普通教员。相邻的中文系也不示弱,记得学生里出了个诗人汪国真,弄得全国男女高中生都拿着小本本抄他的诗,感动得一塌糊涂。如何?无论在哪个意义上都够奢侈的吧。而更奢侈的是,当时大学还远远没有官场化,那位副部长级系主任时不时自己拖一把硬板凳坐在我身旁商量筹办日语专业,亲热地一口一个"小林、林老师……"而现在我都成"老林、林教授"了,也没见哪一位副部级自己拖椅过来跟我寒暄。奢侈啊,奢侈之至!"士为知己者死",你说我能不好好干好好玩吗!

好好玩也罢不好好玩也罢,还真给那位研究生处长言中了,这所大学还真给了我好果果吃:我一九八二年去暨大,一九八五年就被破格提拔为副教授。据说是当时广东省最年轻的文科副教授,名字上了《羊城晚报》,学校八十周年校庆特刊画报也为之留了一席之地。都说广东人排外,至少我没感觉到。又过了几年要慨然提我任正教授的时候,非我说谎,我谢绝了。两个原因,一是我觉得自己实力不够,当了教授还一问三不知,岂不等于将自己置炉火上烤,"人贵有自知之明";二是研究生时代我的年老导师和我敬重的好几位德高望重的老前辈当时也都还是副教授或副研究员,我一个后生小子怎么好意思冲到前面当教授,叫我何颜见江东父老!但不管怎样,拱手相送的正高职称曾被拒绝,无论之于我还是之于那个年代,都无疑是一种奢侈。如今想来,那个年代也真是可爱。

这就是八十年代,这就是八十年代的我以至我们每一个人,曾经贫穷,曾经奢侈。而作为二者的内容,不觉得现在好像有些颠倒过来了?

（2011.7.28）

中年是一部小说

人生四季，少年、青年、中年、老年。如果说少年是一支歌、青年是一首诗、老年是一篇散文，那么中年则是一部小说。歌者，"小燕子，穿花衣，年年春天来这里"；诗者，"仰天大笑出门去，我辈岂是蓬蒿人"；散文者，"醉翁之意不在酒，在乎山水之间也"。至若小说，"我冒了严寒，回到相隔二千余里，别了二十余年的故乡去。……我的心禁不住悲凉起来了"。我以为，中年心境，多少都与悲凉有关。至少于我是这样。

其实，按传统人生分法，作为"50后"的我，该是老年了。所幸如今四十五前都还是青年，因而自己尚可在中年队列里暂且赖上几天。但今天我更想说的是世纪之交处在典型中年阶段的自己。

世纪之交，我在岭南的广州。说起来，我在广州生活了二十一年，仅在暨南大学任教就有十七年。平心而论，不能说广州那座城市待我不好。毕竟当年有广州姑娘嫁给了我,研究生毕业不到三年就接过了副教授聘书,教授这个正高职称也是在广州捞得的。更重要的是,翻译家也好翻译匠也罢,其第一步无疑始于广州。至少,村上春树的主要作品是我吃着广州大米喝着"王老吉"翻译出来的,并且得到了认可和好评。在别人眼里,我或许是个如日中天的中年人、中青年教授和翻译家。不料,就在那个时候,我的人生陡然跌入了低谷。

表面上,我照样上课,照样面对一大帮子如花似玉的港澳女生眉飞色舞,照样在有关会议上振振有词。没有领导看我不顺眼,没有同事数落我的不是,更没有人暗中使坏。我自己也并没有无精打采面黄肌瘦。然而我知道——别人估计没人知道——我的生命之舟驶入了夜幕下暗礁遍布的航道。白天在书桌前每每对着摊开的稿纸一两个小时硬是一个字也写不出,夜深人静时分常常独自踱去窗口,默默望着灯火阑珊的夜景。就好像所有的广州人都去看云蒸霞蔚的凤凰花紫荆花时,自己独自躲在阴冷的灌木丛里悄悄舔舐正在滴血的伤口。我隐约感觉,我再不能在广州这座城市待下去了,或者说这里已不是久居之地。那是我刚过四十五岁的时候。

那时我来到了青岛。我虽然祖籍蓬莱，和青岛同属胶东半岛，但来青岛是第一次，来山东也是第一次。我想肯定是长眠于胶东半岛的先辈亲人唤醒了我身上潜在的血缘因子——在此之前我从未意识到这种因子的存在，甚至从未意识到我是山东人——这使得我对青岛一见如故。说得唯心些，恍惚觉得儿时梦中某个场景倏然复苏过来。路边不无寂寞的蒿草和野花，槐花树枝间突然喳喳两声的长尾巴喜鹊，海边渔村巷口的水仙花鸡冠花牵牛花，老式民居门旁披半身夕晖的歪脖子垂柳——一切都有强烈的似曾相识之感，给了我无可名状的慰藉，使我一时忘却了一两年来浸没心头的悲凉。

天佑人助，几个月后我正式北上青岛，调来青岛海洋大学任教。那是一九九九年秋季开学前的事。于是我在青岛迎来了新世纪的钟声。记得在那前后，我原来任教的单位打来电话，问我在青岛拿多少钱，我说一千挂零。对方随即告诉我那里已开始实行"绩效工资制"，粗略计算，我一个月可以拿到四千七百元左右，乃"外语系首富"，他劝我最好回去（顺便说一句，人家没放我，档案户口仍在那边),我婉言谢绝了。我想说而没说的是,哪怕钱再多,可钱也买不来牵牛花、喜鹊和水天一色的海景吧?

也是因为这个,上课之余我开始尝试写作,写散文写杂文。何况,我是中国人,村上春树再优秀也是日本人——一个中国大男人名字总是小两号跟在日本人名字后面,总让人心有不爽。幸运的是,刚写就被青岛这座城市接受和喜爱。几年写下来,写成了"半拉子"作家——广州让我成为翻译家,青岛帮我成为作家,而且都是在中年阶段。这么着,至今我也没为我的中年北上选择感到后悔。在这个意义上,是青岛、是胶东故土让我翻开了中年这部小说新的一章。

(2012.3.20)

我收藏的古董

书生意气,意气用事,做完事说完话每每后悔。但有两件事至今让我自鸣得意。一是当年不少人"下海"经商的时候,我仍蹲在岸上吃粉笔灰;二是早些年负笈东瀛归国之际,同学同事忙不迭往回扛索尼日立雅马哈,我则悠悠然提几个旧瓷罐回来。他们笑我,我笑他们。不用说,他们的彩电音响早已可笑地沦为垃圾,而我的瓷罐依然在书架上闪着优雅的柔光,给我以无尽的审美遐想。我敢打赌,在这个不断升级变频朝三暮四的世界上,只有它们永远不会沦为垃圾。

古董多多,我只对收藏陶瓷瓶罐感兴趣。原因有两个,一个是可以摆在书架上随时欣赏,同藏书也相得益彰;另一个是出身和我同样——同样来自乡间的泥土地。也是出于这个原因,我一般只收藏同样土头土脑的民窑蓝花什么的,而对五彩珐琅彩景泰蓝之类敬而远之。这么着,无论外出开会还是旅游,我都会找到卖文物的地方慢慢逛一逛。由于不考虑什么保值升值什么转卖拍卖,挑选的标准非常简单——我只买在那里等待我的。说来也怪,逛过几圈,一般总会发现有一个在那里专门等我。我似乎看得见它苦苦等我的焦灼的目光,听得见它忽然看见我的激动的心跳,仿佛在说你可来了!那的确是一种神奇的邂逅和惊喜的瞬间。记得在广东工作期间,有个往日教过的学生请老师们去东莞吃荔枝,回来路上下车在荒草地解手时我一脚踢出个清代青花瓷罐,馋得其他几个同事也纷纷去踢。可惜他们只踢得一脚土,一个还不巧踢在石头上,痛得捂着脚趾直叫。得!得!他也不想想:那哪是踢出来的,那是一种等待。

在书房几十个瓶瓶罐罐里边,我最珍视的是奶奶留下的一个陶罐:柚子大小,宽口黄釉,釉下绘一朵看不出什么花的红花和几片细长的绿叶,绿釉没上好,眼泪似的流淌下来,有两道裂缝,用两脚钉锔了。据母亲回忆,她嫁过去时就看见奶奶用这个罐装针头线脑了,样子老得说是汉代的没准都有人相信。睹物思人,看见罐我就想起奶奶。小时候家里人多炕小,我常常睡在爷爷奶奶屋里。奶奶有一个六条腿的老式炕柜安在炕中间隔成里外屋,我和奶奶隔柜而睡。奶奶最大的特点是偏心。不知何故,六个孙子孙女,她只喜欢我这个长孙,有什么好东西只偷偷给我一个人吃。那年当兵回来探亲的叔叔带了一些乡下见不到的糕点糖果,晚间睡觉时奶奶的胳膊从炕柜底下伸进睡在里屋的我的被窝,塞过一把核桃酥和水果糖。我就缩在黑乎乎的被窝里悄悄地慢慢地嚼着吃着含着——那确确实实是我迄今为止的人生中最美妙、最幸福的体验。由于那种幸福是同我和奶奶之间的一个秘密连在一起的,所以至今我都固执地以为幸福必须伴随一个秘密,并且认为大凡爱都是偏心的,没有偏心也就无所谓爱。爱唯其偏心而刻骨铭心。

奶奶离开我整整三十年了。夜阑人静,我时常轻轻抚摸那个陶罐,得以重新感觉到奶奶伸进我被窝的手的体温……

或许可以说,我们每人心里都收藏着一个古董,收藏着这样一个陶罐。

(2004.12)

我的书房

夸张或不夸张地说,我的书房至少有二百万朋友"见过"——在拙译村上春树小说译序的最后,我总是忘不了写上"于窥海斋"四个小字。

虽然我的学问和学识未必有人称道,但我这个书房的地理位置很有可能让不少优秀同行眼睛发亮——位于青岛城区东部且依山傍海。后面紧靠满坡槐树花的崂山余脉,前方不远就是烟波浩渺的东海。晴天可从书房窗口窥见红瓦楼尖之间光闪闪的一角海面,故名之为"窥海斋",暗喻在无涯学海面前自己永远只能窥其一角。

非我刻意忆苦思甜,小时候穷得连个书桌都没有。我在只有五户人家(如今只弟弟一家了)的小山沟长大,写字做作业每次只能趴在柜角或炕上吃饭用的桌角。晚上点一盏火苗拧小的"洋油"灯,稍不小心头发就"嗞"一声烧焦。那时脑海中最美丽的风景就是一张书桌了。用现在的话说，即所谓书桌情结。所以后来，尤其好歹当上教授住房条件改善之后，书桌情结急速膨胀成为书房情结。

数年前由广州北上青岛有了新房，装修时我断然决定把南面最大的主卧室用作书房，并为自己这个与众不同的决定兴奋了好一阵子：睡觉何必霸占最大最好的房间呢，大也好小也好熄了灯还不一个样！况且书总比床重要得多尊贵得多文明得多嘛！装修完后，我买回红木家具风格的书橱靠三面墙排列整齐，阳台玻璃窗全部内置日式细木格纸糊拉窗，窗前放置长两米宽一米铺有榻榻米的"坐榻"一张，榻前放写字台。因榻与椅高度相等，故写字台前后皆可伏案——我又为自己这个神来之笔得意忘形了许多时日。最后把书分类，一本本仔细摆进书橱使其各就其位。一日环视一排排书橱一排排书，忽然像面对威武雄壮的秦兵马俑一样涌起莫名状的感动之情。

我虽然搞日本文学，但日文书只占藏书量的约三分之一，主要是日本文学文化方面的，其中有关村上君的最全，大体囊括了他本人的书和别人研究他的书。其余全是中文。一类是美学、哲学、宗教、历史及一些杂书，另一类是文学，主要是唐诗宋词等中国古典文学、古文论、古典文学研究以及近现代文学。日文书主要是为了工作和生计,中文书则大多出于爱好和心仪。总的说来看中文的时间多得多,盖中文难于日文也。

　　年轻时喜读唐诗,在人生最艰难的岁月时以"仰天大笑出门去"狂妄地激励自己;人过中年则偏爱宋词,"陌上花开,应缓缓归矣"每每令我低回流连感时怀乡;时下仍在一格一格移植村上君或涂抹自家文字,抓耳挠腮之间偶为觅得一二佳句而激动不已顾盼自雄。凡此旧书新书土书洋书会师书房之内,与之朝夕相处,与之呼吸与共。风来涛声入耳,子夜明月半窗,使我在滚滚红尘中得以保持一分心灵的宁静和纯净的遐思,保持一分中国读书人不屑于趋炎附势的孤高情怀和激浊扬清的勇气。而这是办公室会议厅酒吧咖啡馆以至度假村等别的场所难以带给自己的。

(2003.8)

一不小心就老了

"一不小心就老了"——这句话若出自二十五岁文青姑娘之口,自是文青式调侃或幽默;而若出自我这样的男人嘴巴,势必被说成娇情。不过另一方面,这也是我此刻切切实实的困惑和感受。

自不待言,时间似流水,"逝者如斯夫,不舍昼夜"!小心也罢不小心也罢,都要把人冲去"老"这个车站。不管你多么风流倜傥才华横溢,亦无论你何等千娇百媚闭月羞花,"老"都是你必须"到此一游"的站。

我现在就到了这一站。让我觉得不公平的是,以前所经各站乘坐的都是咣咣哐哐的绿皮火车,只有这一站是乘动车组,不,乘高铁,忽一下子就进站了。不知是谁替我网购的票,亦不知是谁将我一把推进车厢的,简直就像个阴谋。

这么着,下了车我面对分明写着老字的站牌发愣。举目四顾,有咔嚓嚓甩着红绸扇跳"大妈舞"的,有"抱虎归山"打太极拳的,有坐在马扎上哼着"文革"小调钓鱼的,有歪在树下石凳上闭目养神的,与此前各站风景迥然有别。再一看,刚才的高铁已经不知何时不见了——我将留在这里,留在"老"的现场!

可我怎么就老了呢?昨晚吃的什么固然时常想不起来,但看书看到第几页大体不会记错。偶尔遭遇的日语生单词也休想从我眼皮底下溜走,日语那玩意儿还能算外语吗?论体力,再爬泰山快到山顶时怕是要举步维艰,但一般坡岭沟坎仍可如履平地。比我年纪大得多的钟南山院士前不久在"南国书香节"上说他现在看见漂亮女孩仍会为之心动。我也心动——为谁心动绝非院士特权——心动即活力的证明。

不过细想之下,老的证明也并非没有。例如,当年看女性,眼神如狼似虎地几乎全部扑向漂亮的形体。而今,除了漂亮,还会留意气质;吟诗,当年更喜欢"长风破浪会有时,直挂云帆济沧海",而今,则更欣赏"行到水穷处,坐看云起时";诵词,当年更中意"乱石穿空,惊涛拍岸,卷起千堆雪",而今更醉心于"陌上花开,应缓缓归矣";读文章,当年更对繁复华丽的排比句情有独钟,而今则对日常性语词渗出的韵味别有心会;看景,当年更为旭日东升霞光万丈的壮观激情澎湃,而今则为山坡狗尾草丛那一抹夕晖低回流连。还有,当年更对山那边未知的远方浮想联翩,而今则对山这边爬满牵牛花的竹篱农舍依依不舍……

　　如此对比起来,自己还是老了。一不小心老的也罢,处心积虑老的也罢。旋即突发奇想:假如有人给我一张回程票让我返回青春站,那么我会怎样呢?手舞足蹈心花怒放?却又未必。不说别的,青春期特有的种种麻烦就够折磨人的了。读一回没读过的三年高中诚然不坏,但上大学前的高考冲刺和上大学后住上下床的宿舍生活绝不多么令人欢欣鼓舞。再说还要重谈恋爱。如今的女孩子据说可比过去难哄多了,什么房子车子票子啦什么高富帅啦什么宁在"宝马"里哭也不在自行车后座笑啦,自己这个从小山村蹿出来的穷小子如何应对得来? 当然喽,凭乡下人的犟脾气和并不特笨的脑袋通过考博忽悠女孩子也不是全无可能,可博士学位本身是那么好忽悠的吗?光看书写论文倒也罢了,问题是还要去财务处排长队帮导师报销课题经费和当下手查资料干杂活儿,四五年怕是够熬的……得,得,青春一次足矣，重复不得，麻烦。

但与此同时，我又是多么渴望重复一次啊！果真能倒回青春站，我想首先当一个好儿子，不再只顾忙自己这点事，而用更多的时间回乡探望父母，进而把父母接来自己身边，多陪他们说说话，多留心他们脸上增多的皱纹，多体察他们的心事，多满足他们不多的愿望。其次当一个好父亲，较之望子成龙，更关心其成长途中是否开朗、快乐和健康。再次当一个好丈夫。我要开始做家务，至少在三八妇女节那天做一手好菜端上桌犒劳终日操劳的妻子……

然而，人生如过河的卒子，回程票是没有的啊！怎么一不小心就老了呢？

故乡中的"异乡人"

一年一度的高考又快到了。不用说，考上北大清华是许多考生的梦：北大梦、清华梦。而我前不久去了北大，去了清华。当然不是在梦中——我早已过了做梦的年龄。

其实，校园未必多么漂亮，一样的月季，一样的垂柳，一样的草坪和蒲公英。学生也是随处可见的男孩女孩，一样的衣着，一样的步履，一样的笑声。但细看之下，眼神或许略有不同。如未名湖，沉静，而又不失灵动；清澈，却又不时掠过孤独的阴影。于是，应邀前来演讲的我首先从孤独讲起。李白的孤独："大道如青天，我独不得出。"杜甫的孤独："亲朋无一字，老病有孤舟。"辛弃疾的孤独："把吴钩看了，栏杆拍遍，无人会，登临意。"鲁迅的孤独："在我的后园，可以看见墙外有两株树，一株是枣树，还有一株也是枣树。"陈寅恪的孤独："一生负气成今日，四海无人对夕阳。"以及当代作家莫言荣获诺贝尔文学奖后的孤独:"我看到那个得奖人身上落满了花朵,也被掷上了石块、泼上了污水。"

当然,作为日本文学教授和村上作品译者,我讲得最多的还是村上春树的孤独:"不错,人人都是孤独的。但不能因为孤独而切断同众人的联系,彻底把自己孤立起来,而应该深深挖洞。只要一个劲儿往下深挖,就会在某处同别人连在一起。"一句话,孤独是联系的纽带,为此必须深深挖洞。而我的北大清华之行,未尝不可以说是"挖洞"之旅,"挖洞"作业。换言之,挖洞挖到一定程度,孤独便不复存在,甚至得到升华。用北大一位女生的话说:"因孤独而清醒,因孤独而聚集力量,因孤独而产生智慧。"

最后经久不息的掌声也说明"挖洞"获得了成功。说实话,清华大学西阶报告厅里的掌声是我历次演讲中持续时间最长的掌声。如果我是歌手,势必加唱一首;如果我是钢琴家,肯定加弹一曲。在这一点上,我非常羡慕北大清华的老师同行——尽管他们的收入未必有多么高——因为这里汇聚了全国众多极为优秀的青年。毫无疑问,得天下英才而育之,是每一个教师最大的渴望和快慰。不过总的说来,我也还是幸运的。至少,在这里讲孤独的我，实际上一点也不孤独——孤独这条纽带把我和北大清华学子连在了一起。

演讲完后，正赶上"五一"小长假，我就从北京直接回到乡下老家。今年东北气温回升得快。去年"五一"我回来的时候，到处一片荒凉，而今年已经满目新绿了。邻院几株一人多高的李子树、樱桃树正在开花。未叶先花，开得密密麻麻、白白嫩嫩，雪人似的排列在木篱的另一侧。自家院内去年移栽的海棠也见花了。一朵朵，一簇簇，有的含苞欲放，有的整个绽开。白色，粉色，或白里透粉，或粉里透白。洁净，洗练，矜持，却又顾盼生辉，楚楚动人。难怪古人谓"只恐夜深花睡去，故烧高烛照红妆"。还有，同是去年移栽的一棵山梨树也开花了，只开一簇。数数，有四五朵。白色，纯白。白得那么温润，那么高洁，那么娇贵。为什么只开一簇呢？而且开在树的正中，开在嫩叶初生的枝条顶端。"梨花一枝春带雨，玉容寂寞泪阑干。"古人对花、对梨花之美的感悟和表达真是细腻入微，出神入化。

弟弟妹妹们来了，来见我这个大哥。多少沾亲带故的乡亲们也来了，来见我这个远方游子。大半年没见了，见了当然高兴。吃饭，喝酒，抽烟，聊天。一人问我北大清华演讲有什么收获。于是我讲起那里的男孩女孩对我讲的内容多么感兴趣,反响多么热烈,多么让我感动……讲着讲着,我陡然发现他们完全心不在焉。怎么回事呢?不是问我有什么收获吗?一个妹妹开口了:"大哥,人家问你收获多少钞票?你看你……"

接下去,他们索性把我晾在一边,开始谈麻将,谁谁赢了多少,某某输了多少,谁谁脑梗后脑袋转动不灵输了四五千,某某输了又不认账结果不欢而散……忽然,我涌起一股孤独感。我悄然离席,独自面对海棠花、面对蒲公英久久注视……

或许还是村上春树说得对:"无论置身何处,我们的某一部分都是异乡人(stranger)。"是的,我有可能正在成为之于故乡的"异乡人",成为亲人中的孤独者。抑或,故乡的某一部分正在化为"异乡"。

(2014.5.16)

我仍是乡下人

上海。来上海开会。无须说,较之会上的发言,还是会下的发言更能畅所欲言,更能推心置腹。与会者中有一位某上海名校举足轻重的副职,绰绰有余的副厅级。而我和他交谈最多。这倒不是因为我想和副厅级套近乎沾官气,而是因为彼此是二三十年的老相识了。那时他当然不是副厅级,大体和我彼此彼此。同样一身看上去相当够档次的地摊货,同样一副傲慢和谦卑难分彼此的神情,同是平头教员,开会住同一个房间一同研讨领带的若干种打法。今非昔比,如今我们都有了若干套真正够档次的西装和若干条有可能得到女性礼节性夸奖的领带。这回研讨的,则是若干年退休后的打算。这方面我可谓"蓄谋已久",兴致勃勃地坦言相告:退休第二天就卷起铺盖打道回府,返回乡下老家。房前屋后,种瓜种豆,种瓜吃瓜,种豆吃豆,不用化肥,不用农药,不用激素,吃起来是何等开心何等放心何等……我正说得来劲儿，副厅级忽然以副厅级的语气插话进来："那么我问你，既然不用化肥，那么就要用农家肥吧？'文革'上山下乡，你我都在乡下干过几年农活儿，难道你不知道牛屎猪屎是臭的？再说自己种瓜种豆能种出几个品种？可城里超市有多少品种？我说老兄，陶渊明、陆放翁吟得做不得的。去乡下种瓜种豆？要去你去，我可不去！"

是啊，当年我们都同样干过农活儿，几年后同样作为工农兵学员上了大学，毕业后同样教日语搞翻译。不同的是他后来有了行政级别而我没有。但我总觉得这点不足以从根本上决定我们对种瓜种豆的态度。那么决定性因素是什么呢？我明白了，是出身！他出身上海。生在上海，长在上海，离开上海又返回上海，去安徽乡下务农只是他人生旅程临时停靠的荒野小站，如一颗偶尔偏离运行轨道的行星。一句话，他是城里人——"阿拉上海人！"实际他也很快撇下我和另一位与会者讲上海话去了。于是，我一个人拐去一条荒草隐约的砖铺小径。我没有为此产生失落感，反而觉出几分释然。我知道，在某种意义上，上海话是上海人的精神故乡，是上海出身的城里人的胎记。

我呢？我不同。我出身农村,说得文学些,出身乡间,是乡下人。而且是毫不含糊、毫无折中余地的乡下人。乡下是我的"阶级烙印"和精神胎记。四十余载的城市生活固然是我冲破乡间时空限制的成功尝试,是表现乡下人生命能量或其灵动的奋力突围。但说到底,城市终究不过是自己人生旅程一座座巨大而辉煌的中转站,而终点站仍是荒野小站——那个曾是始发站的仅有五户人家的小山村。这意味着,我仍是乡下人。在经历了近半个世纪的自由奔放而又危机四伏的羁旅之后,旅人越来越思念自己出走的故园空间,思念屋后的土豆花南瓜花,思念房前的黄杏和歪脖子垂柳,进而回归宁静而带有荒凉以至终末意味的乡间,让生命的强度和广度在此渐次弱化、收敛,以至衰老——在故园的花草树木的拥抱中,在清晨鸟叫和傍晚蛙鸣的陪伴下……

　　或许,我们每一个人都像一条马哈鱼,无论在大海里游出多远,无论海底龙宫的公主们多么冶艳迷人,无论海面的惊涛骇浪多么催发斗志,也还是要游回自己出生和出走的地方。那个地方,对于上海人就是上海,对于我这个乡下人就是乡下。这一宿命式取向,可能无关乎副厅级或正高级,无关乎"中转"的时间跨度,而更关乎出身——关乎"烙印",关乎"胎记"。

不过,那个仅五户人家的小山村是回不去了,它已被附近石场那个巨大的"鼠标"彻底删除。作为替代符号,我在当年的公社所在地、如今的小镇的镇郊山脚得到了一处院落。"五一"回来一次,新栽了二三十棵柳树、榆树、柞树、山核桃树,确认了去年栽的四五十棵李树、杏树、海棠树。宿根的蜀葵那时就已忽一下子蹿出地面,及膝高了,舒展的叶、挺拔的茎,绿油油迎风摇曳。在青岛城里伏案读写的间隙,或晚饭后散步的路上,我每每想象树上的新叶和蜀葵的花蕾,想象弟弟代种的瓜豆,想象傍晚远山迤逦的晚霞和夜空劈头盖脸的星星……越想越盼望暑假的到来。

现在,暑假终于到来,我终于返回乡下。写这篇小稿的此时此刻,蜀葵正在窗口盛开怒放,粉的,白的,白里透粉的。新栽的海棠树正在门前炫示崭新的叶片。再往前一点点,去年栽的樱桃树已经缀满娇滴滴圆滚滚的红色珍珠……

我到底属于这里,属于乡下,一如副厅级属于上海。

(2014.7.5)

100

乡愁,诗与远方

"生活不只眼前的苟且,还有诗和远方"——这样两句看似平常的歌词前不久在微信圈蹿红,人们争相传诵。或许因为我算是搞文学的,长相也能多少冒充诗人,一次在讲座会场,另一次接受媒体采访,我被两次问及"诗和远方",问及这一蹿红现象的起因和背景。

是啊,在这不妨说是苟且成风和"娱乐至死"的时代,为什么"诗和远方"会蹿红呢?

作为起因也好背景也好,我首先想到的是"物极必反"那句老话。改革开放三四十年来,人们的生活由贫穷而温饱,由温饱而小康,由小康而逐渐富裕——基本是在形而下物质生活追求层面风风火火一路打拼一路狂奔,并且取得了举世公认或举世眼红的成功。一句话,咱们阔了!可问题是,阔就幸福了么?吃多了,大腹便便;喝多了,头昏脑涨;玩多了,人困马乏。有形之物的占有同幸福指数的提升未必成正比。于是,人们开始把目光投向形而上的精神层面——投向美、投向诗、投向远方。不用说,诗大多指向远方,远方大多充满诗意。且看唐诗(唐诗中,远方往往与水相伴):孤帆远影碧空尽,唯见长江天际流 / 两岸猿声啼不住,轻舟已过万重山(李白)/ 桃花尽日随流水,洞在清溪何处边 (张旭) / 潮落夜江斜月里, 两三星火是瓜州(张祜)。再看宋词(宋词里,远方每每写作"何处"):今宵酒醒何处,杨柳岸,晓风残月(柳永)/ 何处今宵孤馆里,一声征雁,半窗残月(曹组)/ 望碧云空暮,佳人何处,梦魂俱远(蔡伸)/ 故人何处,一夜溪亭雨(张元干)。

有人说,音乐和诗是最接近神的艺术。大约是因为诗总是捕捉和传达远方神秘的信息,而那神秘的信息又总是同心底隐藏的情思相通相连。

"诗和远方"蹿红还有一个原因:我国向有诗歌传统,产生了无数上面那样的名诗佳句,是当之无愧的诗国。而我们乃是诗国子民,是屈原李白杜甫苏东坡嫡系或非嫡系的后代。尽管我们现在不可能背着酒葫芦倒骑毛驴"两句三年得,一吟双泪流"了,或在月下僧门前反复"推敲"了,但那种文化基因、那种诗歌 DNA 依然流淌在我们的血液中。潮起潮落,现在抬头醒过来了——"生活不只眼前的苟且,还有诗和远方"!

何况,即使作为日常谈资,也该谈谈远方、谈谈诗了。总不能老谈票子房子车子、老谈麻将股票减肥吧?老这么谈的人可能也有,毕竟不能要求所有人全都谈诗。一国男女老少人人谈诗,那怕也乱套了。但若完全没有人谈诗,那无疑是一个国家、一个民族的缺憾和悲哀。自不待言,不伴随文化、不伴随诗意的崛起,那不能算是真正的崛起。世界上一掷千金也未必换来一笑的"土豪"国家并非没有。谢天谢地,国人有不算很少的一部分开始谈诗、读诗、写诗了。这大约意味着,我们开始诗意崛起、诗意复兴,诗意地栖居在大地上!

作为"诗和远方"蹿红的第三个原因,我想是不是同乡愁有关。乡愁,大而言之,是文化乡愁。历经百年风风雨雨,我们好歹明白过来,只有我们曾百般嘲弄甚至打翻在地的传统文化才是我们的"血统证明书"或自我同一性的凭依。换个说法,只有传统文化,才能让我们重拾文化自信并医治我们的文化焦虑症,才能让我们在所谓全球化中不被"化"掉,才能让我们找到回家的路,从而避免成为西装革履开着"奔驰""宝马"的精神漂泊者。应该说，近年来勃然兴起的国学热或传统文化热即是这种文化乡愁的产物。那么小而言之呢，小而言之，乡愁就是故园之思。由此催生了时下方兴未艾的乡村旅游热。城里人纷纷去乡村寻找石板路、旧民居、老铺子，寻找辘轳井、石碾石磨和大黄狗、老母鸡。这未尝不可以解读为城里人对中国传统乡居生活方式的确认与回望。日暮乡关何处是，烟波江上使人愁——这大有可能是我们所有人挥之不去的世纪性乡愁。而乡愁总是同时间与空间的远方连在一起，其自然而然的表达方式就是诗。不信，请看台湾诗人余光中的《乡愁》：小时候 / 乡愁是一枚小小的邮票 / 我在这头 / 母亲在那头 / 长大后 / 乡愁是一张窄窄的船票 / 我在这头 / 新娘在那头……而现在 / 乡愁是一湾浅浅的海峡/ 我在这头/大陆在那头。

诗和远方，远方和诗！人们正从眼前的苟且中抬起头来遥望。望天际的朝霞，望远山的落日，望雨后的彩虹，望夜空的星汉，从中感受自然与人生浩瀚的诗情——作为大国之民，还有比这更庄严更整肃的气象吗？

（2016.5.2）

马也有乡愁

乡愁。我原以为人才有乡愁。而读了《读者》今年第二期席慕蓉的文章，始知马也有乡愁。那是二〇一四年席慕蓉去内蒙古博物馆演讲时一位教授讲给她的。

一九七二年，越南。一位来越南开会的内蒙古画家同许多与会艺术家在海边一片草地上聊天。正聊着，发现远处有一匹马一边吃草一边不时抬头望他。忽然，那匹马径直朝这位画家急急走来。画家仔细打量马。一匹白马。虽然身上很脏，但画家还是认出那是一匹蒙古马。大家想拦住这匹马，不让它靠近。奇怪的是，马尽管骨瘦如柴，而力气却大得不得了，不顾一切地来到画家身旁。这位西装革履的内蒙古画家激动万分，搂住这匹又是眼泪又是鼻涕的蒙古马，摸它的头，拍它的脖子，连声说"你怎么认出我来的？你怎么认出我来的？"

显然，这位内蒙古画家唤起了这匹马的久远记忆——

马知道画家来自它的故乡内蒙古草原,亲近之余,热切希望画家把它带回故乡。可惜画家当时没有能力满足马跟他回乡的愿望,只能泪流满面地久久摸它、拍它。后来画家在回忆录中用很大篇幅表达自己对这匹马的愧疚之情,并把这匹蒙古马的乡愁讲给所有蒙古同胞。

乡愁!马犹如此,人何以堪!

乡愁来自记忆。二○一四年诺贝尔生理学或医学奖的三位得主发现人的大脑中有神秘的"杏仁核"和"海马回"。前者管情绪,后者管记忆——记忆分两部分,一部分是出生后的记忆,另一部分是出生前的记忆,即先祖以来层层积淀的记忆,大约相当于瑞典心理学家荣格所说的"集体无意识"。换个说法,一部分记出生后的自己,一部分记出生前的自己。这也让我理解了差不多二十年前的一次感动。

一九九八年我趁济南开会之机延伸来到青岛,第一次来青岛。尽管是第一次,而感觉上却好像来过许多次。一切都那么熟悉,无论海边渔村错落有致带小院的青砖民居,还是旅馆附近山坡的野花荒草和成片刺槐,都给我以恍若儿时梦境再现的久别重逢之感,温馨,缱绻,让人不忍离去。现在我从科学上明白了,那应该就是海马回所使然——储存在海马回中的先祖记忆倏然复苏!我祖籍蓬莱,和青岛同属山东半岛。按理,对于在东北腹地长大的我,渔村和刺槐都与出生后的记忆全然无涉。而渔村和刺槐此刻却成了我和祖先之间的中介——不知多少年前生活在半岛的先人通过它们向我发出呼唤,呼唤我回归山东半岛。现在我想,彼时的我可能就是那匹蒙古马,对来自故乡的信息涌起无可抑勒的乡愁。事实上,转年我也终归从广东北上山东,从广州调入青岛。或许真像席慕蓉所感慨的,"无论走到哪里去,那个故乡都活在我们的身体里面"。大概也正因如此,村上春树才说"无论置身何处,我们的某一部分都是异乡人"——表面上说法截然相反,而实质上应是同一回事。

当然,乡愁更多的还是来自出生后的记忆,尤其小时的记忆——或是周围开满篱笆的紫色牵牛花,或是房后缀满黄杏的歪脖子杏树,或是门前那棵月上梢头的垂柳,或是村外和小伙伴捉迷藏的干草垛,或是母亲的一碗荷包蛋手擀面……遗憾的是,这些记忆承载的乡愁已经被我们赶出记忆很久很久了。因了我们对灯红酒绿高楼大厦的向往,因了我们对西装革履珠光宝气的迷恋,因了我们对房子车子票子位子的不懈追求……

这固然不错。中国人当然也有获取这些享受的权利,无可厚非。时至今日,应该说,对于为数相当不少的城里人,这些已基本得到满足。北上广深等一线城市居民自不必论,即使青岛市民,物质生活条件也未必亚于欧美等一线国家。近几年甚至觉得国内消费意犹未尽,而开始去外面吃喝玩乐,一掷千金。可是吃喝回来,游玩回来,"爆买"回来,心里还是觉得空落落的,似乎有个空洞等待什么填充。那个空洞是什么呢?我想至少有一半是乡愁——渴望得到抚慰的乡愁。而能够抚慰乡愁的,肯定不是、也不可能是伦敦塔、卢浮宫、巴黎圣母院,不是塞纳河、富士山和美国迪士尼乐园。而更多是本土寻常风光:小桥流水,春雨杏花,白杨垂柳,炊烟晚霞,以及石板路、木棂窗、轱辘井、四合院……一句话,是家乡记忆,是故园山水。在这个意义上,以京沪为例,上海市郊的朱家角比外滩和南京路还要珍贵,北京的老四合院也肯定比央视"大裤衩"宝贝得多。

提出文明冲突论的亨廷顿或许是对的。这位西方人曾经断言:"最终影响人们的不是意识形态或经济利益。和人们密切相关、人们也愿意为之战斗为之献身的是忠诚和家庭、血缘和信仰。"亨廷顿将这些称为文明。对于我们中国人,这种文明即是传统文化,即是国学。那也是保证我们在"文明冲突"中立于不败之地的海马回先祖记忆和文化基因。

传统历书中的今年是丁酉鸡年。南宋士人韩元吉词:"任鸡鸣起舞,乡关何在,凭高目尽孤鸿去。"——乡关何在,乡关何处,这大有可能是当今我们所有人挥之不去的世纪性乡愁。换言之,我们每一个人都可能是那匹急欲回归内蒙古草原的马……

(2017.1.28.丁酉元日)

第三辑 ——

梦与夜雨：鬓已星星

感念流星

有感于一种美——流星之美。

那大约是我们视野中最短暂的美。纵然一现的昙花，相比之下也不知长多少倍。而它，出现即意味消失，发生即指向终结。忽然而来，倏然而去，几乎是一种没有过程的美、没有逗号的美，没有滞留的美——瞬间之美，美在瞬间。

第一次见到流星是什么时候呢？

我曾是个极度沉默寡言的孩子，平均一天说不上一句话。较之朝朝暮暮的现实生活，我的快乐更多的来自铅字和遐想。看见山，想山那边有什么；看见路，想路的尽头有什么；看见天边的晚霞，想晚霞的另一侧有什么。晴朗的夏日，晚饭后时常仰卧在房后的柴草垛上望着夜空遐想。只有五户人家的小山村，三面环山，山上是人工松林或野生的柞木，前面是不很开阔的平川，四周是那样安静，空气是那样清新,天空是那样深邃,星星是那样晶莹。一次正仰望之间,忽见一颗流星倏地划过眼前的星空,曳一条银灿灿的弧线向另一侧划去、坠去,宁静的天幕仿佛被它划痛了裂开一条通路。多么神奇、多么美丽的瞬间啊!我的思绪也像流星一样飞向邈远的天穹。我在想,这颗流星来自何处、奔向何方呢?在这各就各位安分守己的星群中为什么只有它离开伙伴、离开集体急匆匆独自出行呢?是因为它是个不听话的孩子而被星妈妈星爸爸赶出家门,还是它自己执意奔向未知的远方⋯⋯

夏去秋来,多少年过去了。我由少年而青年、由青年而中年,在我迫近半百的那年,想不到又同那颗流星相遇了。那是我回乡探亲的一个仲夏之夜,一个没电的夜晚。月亮还没爬出东山,星星格外密格外亮,爆玉米花一般忽一下子爆满山村黛蓝色的天幕,除了偶尔传来的蛙鸣和松树间的风吟,四下里别无声籁。一种微妙的预感促使我站在院前老柳树下久久仰望夜空。在我望得有些累了刚要转身回屋的时候,忽然,一颗流星粲然划过头顶。还是那个位置,还是那一时分,还是那条弧线,还是那颗流星。可是我的思绪、我的心情不同了,没了当年的纯真浪漫的遐思,一股莫名的寂寥、怅惘和苍凉淹没自己的心头。我想,自己本身就是那颗流星,形单影只,行色匆匆,正宿命般地扑向人生最后一个驿站——是不是天堂我无从知晓,但那肯定不会再是旭日东升朝霞满天的地方。也就是说,经过了三四十年之后,我终于明白了流星的归宿。

想来,我的祖辈们便是流星,曾从齐鲁蓬莱故土流向广袤的关东大地。许多年后我又成了流星,从关东大地遥遥流向多彩的岭南古城,其间一度跨海流向东瀛岛国,而后一个急转弯流回祖籍山东半岛,流到半岛最青翠的地方青岛。我还会继续流星的行程吗?天底下还有比青岛更青翠的岛城吗?即使有,人家会像山东乡亲这样慨然接受我这个不安分的、并且早已不年轻的宇宙尘埃吗?

其实,我们每一个人都可能是一颗流星,各自以璀璨的弧线划过漫无边际的天宇,装点故国以至人类文明寥廓的星空。在某种意义上,人恐怕唯其是瞬间的流星而得以永恒。我蓦然心想,假如孔老夫子不是如流星一般在春秋时期的苍穹稍纵即逝而长驱划入今日星空,那么,作为举世闻名的大教育家,他未必只照例收一条小干肉(束修)便诲人不倦乐而忘忧。更尴尬的情形是,他很可能因

115

为没有系统性专著或长篇学术论文评不上教授职称。而那样一来,他能否被尊为"圣人"势必打个问号。不妨说,瞬间成就了伟大,成就了辉煌,成就了神圣,成就了永恒。

生为男儿,我何尝不想在这世上留下一点点痕迹,哪怕是流星的一闪。然而身为文弱书生,既不能留下彪炳青史的武功,又不能留下泽被万方的政绩,唯有白天黑夜在黑板上稿纸上涂鸦而已。而涂鸦能够在一闪之际定格为永恒吗?

无论如何,我更怀念第一次见到的流星,或者莫如说怀念第一次见流星时的心情,而那大约永远地消失了。

(2005.8)

116

寂寥之美

不知是因为上了年纪还是心理有了变异,近年来总是有感于寂寥之美。例如,较之旭日东升霞光万道,我更乐意在半截古旧的青砖墙下寻找昨晚遗落的夕晖;较之百花齐放姹紫嫣红,我的目光宁愿在落有一只白粉蝶的狗尾草上流连;较之千帆竞发百舸争流,我更倾向于打量岸边荒滩弃置的一条小船;较之万马奔腾龙吟虎啸,我更留意野外那只低头吃草的羔羊……是的,对于我,较之辉煌、壮观、美轮美奂,还是寂寥、索寞乃至荒凉的景物更能契合心间弥散的人生况味。

最近一次深切而具体的寂寥体验,发生在暑期回乡期间,发生在故乡那座小镇。老屋不在小镇,回乡寄居的大弟新屋也不在小镇,小镇在四公里以外。去小镇的路正在重修,坑坑洼洼,中巴颠簸得厉害。但还是没用十分钟就开到了。小镇四面环山,确实小。仅两条路。一条直的,从

117

镇中间穿过;一条弯的,往坡上稍微绕了一下,在东头和直路碰头。沿两条路兜了一圈后,我发觉有什么触动了自己。

为了确认那个什么是什么,我又兜了一圈,兜得比刚才还慢。寂寥!是这里的寂寥触动了自己。往远里说,"文革"时焚烧古书旧书和打篮球的小广场,如今只有一只芦花鸡和两只杂毛鸭低着头缓缓踱步,仿佛一起思索"我是谁"的哲学命题;下乡时我作为民兵连长参加三级干部大会时进入的"俱乐部",虽然建筑物还在,但门上的铁锁早已锈成铁疙瘩了,钥匙想必永远忘在了脱离桌子的抽屉里。往近里说,几年前还有不少人进进出出的火车站剪票口的木门此刻已经钉死了。原来摆满花花绿绿的糖果和布料的供销社,现在外墙上写着租售联系电话,字显然写好久了,缺胳膊少腿,活像日文字母。更让我诧异的是,前年回来时还在路边抽烟打扑克或无事闲逛的年轻人此时全然没了踪影。休说年轻人,即使不年轻的人也没有几个——街上几乎无人。

无人,人住的房子就格外突出。大部分房子门窗紧闭,开着的也只开小半扇。但应该有人住或有人照料。因为门前打扫得很干净,有的种一排花,有的栽一垄葱或几株西红柿什么的。花开着,葱绿着,西红柿则刚开始泛红。我在上坡一段弯路那里停住脚步。路两侧的房子都有小院子和菜园。小院一地细沙,菜园满园瓜豆。篱笆上零星开着牵牛花。路旁长着凤仙花、百合花,花开得不多,但很洁净,一尘不染。鸡冠花正悄然聚敛成形。还有一排高高低低的蜀葵,叶片像小向日葵似的,花也没开几朵,仿佛绿色湖面上的几叶小舟。比花更少的是人。人都哪里去了呢?没有人,也就没了声息,没了喧哗,没了热闹。只听得两只鸟在老榆树上"啾啾"叫了两声,随即飞过房脊,朝山外飞去,俨然村上春树笔下的"世界尽头"。

可我打心眼儿里喜欢上了"世界尽头",喜欢上了"世界尽头"的寂寥。并且,寂寞也似乎喜欢上了我。走进一家小店买冰棍时,我随口说了一句"这附近可有卖房子的",一位老者当即要我跟他去看房子:三间砖瓦房,独门独院。房间大块地砖,宽敞明亮。房前半亩菜园,绿油油长着茄子、辣椒、玉米和豆角。西侧一株海棠三棵李子树,果子可以吃了。再往西不到一百米是一条缓缓流淌的小河,河水很浅很清。过了河是望不到尽头的幽深的松树林,静得

119

几乎可以听见针叶飘落的声音。一条羊肠小路朝山那边蜿蜒而去，路上一个人也没有，什么也没有。

看罢环境，看回房子。多少钱？"五万。"五万？不是十万五或十五万？"五万！"五万在城里能买到房子的什么呢？半个卫生间？一个北阳台？而在这里却能买一座房子，能买一片寂寥！我开始想象告老还乡后住进来的自己——或堂上高卧或树下乘凉，或林间漫步或河畔徜徉。白天青山满目，傍晚蛙鸣满耳，入夜繁星满天。兴之所至，临窗涂鸦，或译或写，或比或兴，优哉游哉，不知老之已至。

寂寥——不知是否可以说，寂寥接近与世无争的冲淡与释然。那当然是一种美。

（2009.9.4）

无需成本的幸福

我觉得世人大体可以分为三种：A、投入成本追求不幸的；B、投入成本追求幸福的；C、不投入成本而获得幸福的。A似乎危言耸听，其实每天都活跃在我们周围，堪称一个团体中生命力最顽强的因子。如钩心斗角尔虞我诈争名夺利损人利己的内耗即是一个显例和常例。绞尽脑汁费尽心机耍尽手段，成本不可谓不高，代价不可谓不大，到头来却使自己的灵魂背负沉重的十字架匍匐在凄风苦雨之中，非不幸而何。B最容易理解。苦读拿文凭、贷款买房子、攒钱讨老婆等等举不胜举。C则似乎有悖于常识常理。不付出代价哪有成功？不投入成本哪有产出？不耕耘何来收获呢？休说幸福，一个馍馍少一分钱都休想拿走。然而事情就是这样奇妙：没钱固然得不到馍馍，但未必得不到幸福。换言之，幸福可以无需成本，可以不劳而获。

切身体会到这一点，是几年前一次因病住院的时候。那时我还在广州一所大学工作，因腿部要做个手术住进医院。当时已多少有了一点虚名，护士当中甚至有自己的读者，加之住的是本校医学院的附属医院，医生也认识，大家都很关照。但痛苦本身无论如何只能由自己一个人承受：手术后须以同一姿势卧床不动，撤掉枕头，两脚垫高，而双腿又用绷带左一道右一道缠得如大象腿一般粗，连翻身都不可能，就那样直挺挺仰卧在床上，活像木乃伊。躺一会儿倒也罢了，问题是要躺三四天。时值盛夏，窗外骄阳似火，房间里躺得我浑身冒火。真是越躺越难受，算是领教了头低脚高久卧不动是何等残酷的刑罚。以致每次听到收废品的吆喝声传来，我都打心眼儿里羡慕平时讨厌的收废品的人：至少他们可以用两条腿在地上自由行走，可以看到白云蓝天，可以听到鸟鸣，而那是多么幸福啊！我宁可不当什么教授什么翻译家，而去做一个能够随心所欲走街串巷的废品收购者。

后来我又遭遇了一场痛苦，一场远远大于住院时肉体痛苦的刻骨铭心的精神痛苦。一时间，汹涌袭来的近乎暴力的痛苦掏空了我的五脏六腑，掏空了我的心智，掏空了我的话语,使我久久处于半虚脱状态。凌晨梦醒,再难入梦,我几乎看得见自己干涩而忧伤的双眼在微明的夜色中往来游移。任何亲人的安慰、任何通透的哲理、任何豪放的诗句都无法使我同痛苦分开。但最终我还是摆脱至少稀释了痛苦——一日黄昏时分,当我再次裹着萧瑟的秋风在荒凉的山路上踽踽独行时,我忽然记起了那次住院时的体验,旋即一缕绚丽的阳光泻进我阴暗凄冷的心田:至少我可以用两条腿在地上自由行走、可以看到蓝天白云,可以听到鸟鸣,而又不需要我付出代价,无需任何成本,这不是很幸福吗?我还需求什么呢?为什么还不知足呢?

从那以后,我开始分外留意日常生活中的寻常景物,或者说一些寻常景物开始给了我不寻常的感受。哪怕草地上翩飞的一只白粉蝶、树枝上颤立的一对红脑袋蜻蜓,哪怕路旁一簇不知名的野花、随风飘落的一片淡黄色的树叶,都会带给我鲜活纯净的生命体验,带给我难以言喻的喜悦,带给我宇宙的关怀和慈爱。我的心头因之涌起静谧而深切的幸福感,由衷地觉得自己的确非常幸运非常幸福。同时也使我看淡了一些事情,少了若干烦恼。原因很简单:既然无须成本的幸福就在身边,何必去追求需要成本的不幸呢?

(2004.12)

杏花与乡愁

有一种东西，无论我们置身何处，无论我们怀有怎样的信仰和世界观，都会从深处从远处一点点温暖我们的心，那就是乡愁，nostalgie。而所有的乡愁，都可归结为四个字：杏花春雨。春雨很小，很细，如烟，如丝，温馨，迷蒙，若有若无，正是乡愁的物化。杏花，无疑代表故乡的村落和老屋。或谓"沾衣欲湿杏花雨，吹面不寒杨柳风"；或谓"借问酒家何处有，牧童遥指杏花村"；或谓"杏树坛边渔父，桃花源里人家"……故园之思，游子之情，羁旅之苦，于此尽矣。万井笙歌，一樽风月，不足以化解；千里莼羹，西风鲈脍，莫能比之也。

多少年没看见杏花了呢？十八年客居岭南，岭南没有杏花；数载游学东瀛，东瀛只有樱花。

终于看见了杏花。几天前一位同事邀我去郊外踏青，一开始我拒绝了，刚从外地回来，累。但当对方说那里有杏花的时候,我满口答应下来。

那个地方叫少山村。没等进村就看见杏花了。始而一两株、三四株立在路旁野地里,落下车窗看去,果然是杏花。在欲雨未雨阴沉沉的天空和欲青未青乱蓬蓬的荒草地的衬托下,微微泛红的白色杏花让我眼前陡然一亮,顿生惊喜之情。杏花渐渐增多。很快,两山之间开阔的谷地忽一下子铺满了杏花。车在杏花间穿行,如一个不懂风情的莽汉愣生生闯入一群婆娑起舞的白纱少女之中,但觉缀满杏花的树枝仿佛轻舒漫卷的衣袖拂过脸颊,一股久违的杏花特有的清香扑鼻而来。

一行人赶紧下车步行。村外茫茫花海,村中一片杏林。家家皆有杏树,户户红杏出墙——"春色满园关不住,一枝红杏出墙来"。诗在这里不是诗,不是隐喻,不是调侃,而是实景、实况。这是真正的杏花村。人在杏花下穿梭,狗在杏花下歇息,鸡在杏花下觅食。喏,那条大黄狗偎着杏树根闭目合眼,那只大公鸡和好几只老母鸡在横逸斜出的杏树枝下或左顾右盼或低头啄地,多幸福的狗多幸福的鸡啊!没准鸡蛋都一股杏花味儿。

拐过"书院旧址",走过"处女池",沿一条小路朝后山爬去。两侧山坡陡峭,前方石峰如削,簇拥着山脚一方花坞。这里安安静静,几无人影。我得以独自在杏树间尽情徜徉,仔细打量一片片、一树树、一枝枝、一朵朵杏花。间或有樱桃花。同是五枚花瓣,樱桃花开得重重叠叠,密密麻麻,一副难解难分的样子。而杏花疏朗得多,个体绝不淹没在整体之中。无论开多少朵都一朵是一朵,一朵朵历历在目,矜持、自我,而又和谐、端庄,如黛蓝色的天幕上均匀分布的银星。酷似梅花,但毕竟不像梅花那样孤芳自赏;近似樱花,却有别于樱花的扎堆起哄和华而不实。樱花全是"谎花",开完什么也剩不下。而这里的杏花开完不出数月,就是满枝满树的"少山红杏",一张张关公般的红脸膛掩映在茂密的绿叶之中,成就另一番动人景象。

我是在有杏花的小山村长大的。小山村很穷,用韩国已逝前总统卢武铉的话说,"连乌鸦都会因找不到食物哭着飞走"。小山村又不穷,因了房前屋后的杏花。杏树是爷爷栽的。前院一棵歪着脖子,几乎把杏花从窗户伸进屋里。后院四五棵踞坡高过房脊,七八月间,熟透的黄杏从房脊僻里啪啦滚到屋檐下。杏固然好吃,可我还是更喜欢杏花。五月开花时节,放学离家很远就能瞧见草房脊探出的杏花,粉粉的,白白的,嫩嫩的,那么显眼,那么温暖,如亮丽的晚霞。近了,但见一只喜鹊在歪脖子杏树枝"喳"一声啼叫,或两只春燕箭一般掠过杏花飞进堂屋。及至春雨潇潇,杏花随之幻化为一窗朦胧的倩影……

这就是记忆中的故乡,故乡的老屋,老屋的杏花。几十年来,我总想在春雨时节回去看看杏花,但我回去的时候不是寒假就是暑假,杏花当然等不到我,一如我等不到杏花。杏花终究成了一缕绵绵的乡愁。

如今,山村已经荒废,老屋已经易手,杏花还在开吗?还在等我吗?

（2010.4.18）

四合院里石榴红

　　喜欢旅游。总觉得旅游途中有什么等我，等我与之相遇，而且仅等我一人，仿佛曾有一个私密的前生之约。对方有时候是古玩铺角落里一个灰头土脑的青花罐，有时候是书画店里一幅不起眼的手绘农民画，有时候是郊外夕阳下半截残缺的旧砖墙……

　　最近则是一株石榴树，四合院里开红花的石榴树。

　　山东，淄博，周村区，周村。

　　远在江南的周庄早就知道了，因了电影《摇啊摇，摇到外婆桥》，因了陈逸飞《故乡的回忆》，因了余秋雨的《文化苦旅》。而近在身边的周村则刚刚知道。相邻大学一个文学青年家在周村，送了我一大盒"周村烧饼"——不是武大郎在郓城叫卖的那种厚墩墩暄腾腾的，而是薄薄脆脆的——我说好吃，他当即向我铺排周村除了好吃的各种好来：古色古香的清一色明清古建筑，光绪三十年开埠的"天下之货聚焉"的商业重镇，"济南、维县日进斗金，不如周村一个时辰"的清代华尔街，据传乾隆帝御赐"天下第一村"的美誉，以及电视剧《大染坊》《旱码头》的主题和舞台……

于是，初夏一个风和日丽的周末，动车组用恰好一百分钟把我忽一下子送到淄博，出租车又忽一下子运抵周村古商城"大街"。街并不大，两侧古屋俨然，青砖灰瓦，错落有致，飞檐斗栱，各呈风姿。大清国邮局、钱庄票号、茶庄酒楼、书局文具，以及酱菜、烟草、丝绸、杂货等各种店铺。门前或商幡招展，或匾额高挂，或宫灯迎风，或石狮对卧。古朴、浑厚、素雅、沧桑。在一家名叫异芝堂的药房前，我对着门联凝视良久："但愿世间人无病，何愁架上药生尘"——古人就是有文化、有品位、有道德感，比学校后门那家药店好多了。那家药店没等你进门就有八个美女一齐伸长脖子问"买什么买什么买什么"，不知是何居心。

记不得是在大染坊还是在杨家大院抑或状元府了，只记得大院里的一座小四合院，院正中有一株石榴树，石榴花开了大半。石榴花的红是真正的红，如翠绿的枝叶间一枚枚亮丽的火炭。房是平房，青砖墙，青砖有的已经风化。

上下对开的细格木窗,窗棂油漆斑驳,大部分露出开裂的木纹。小院只我自己,除了树梢偶尔一声鸟鸣,什么声音也没有。太阳已经偏西,石榴树把长长的影子打印下来,印在青苔隐约半砖半土的湿润地面。倏然,我产生一种错觉,觉得这座四合院、这株石榴树正在等我,似乎我们之间在遥远的往昔悄声许下一个的承诺,承诺今生今世今日今时在此相会。恍惚间,房门吱呀一声开了,慈祥的外婆仍穿着那身青布长衫,颤颤巍巍从屋里走出,招呼我,让我赶快进屋……我的眼角有些湿润,就那样在院里石榴树下站了很久很久。

黄昏时分,我走出古商业街的古老街门,沿昔日的护城河往北走去。护城河已经不成其为河了,只河床中间歪歪扭扭流淌着巴掌宽的水,黑黑的稠稠的,流得很慢很慢。不过河边垂柳还生机蓬勃,朝河床和路旁垂下无数柔软的枝条。路的另一侧是民居,火红的月季间或从院内探出墙来,也有时一丛丛粉色白色的蔷薇在墙外蒸蒸腾腾,攀援而上,和天边迤逦的晚霞相映生辉。我想,既有护城河,那么就该有城墙,至少断墙残垣总该有的。正好前面大柳树下坐着一位满头银发的老婆婆,遂问哪里有城墙。

老婆婆看样子是退休多年的小学语文老师,健谈。她告诉我:"哪里还有城墙呀,1949 年前扒一段,'大跃进'扒一段,'文革'又扒一段,扒来扒去,把个四四方方的古城墙和四座城门扒个精光!护城河倒是没扒,剩下来了,可是你看,这哪里还是河哟!五十年代我上小学的时候,水清得能数里面的小鱼小虾,渴了就从河里直接舀水喝!下雨水满满的,都能划船!可现在呢,你看你看!这还不算,你没闻到吗?还一股臭味……"老婆婆用手捂了捂鼻子。果然,一阵风从河床卷起一股臭味。作为游客,谁能想象这就是几十年前能喝、能划船的护城河呢?

所幸,刚才的四合院和石榴树还在,石榴花还红,还在那里等我——人生途中总有什么等我、等待我们。或许,唯其如此,我们才不时置身于旅游途中。

(2010.6.18)

三十五年的梦

我的老伙计村上春树就其小说的主题说过这样一番话："任何人一生当中都在寻找一个宝贵的东西，但能够找到的人并不多。即使幸运地找到了,实际上找到的东西在很多时候也已受到致命的损毁。尽管如此,我们仍然继续寻找不止。因为若不这样做，生之意义本身便不复存在。"依我愚见,较之生之意义,他说的更像是生之无奈、生之徒劳、生之悲哀。但反正就是要寻找。至于找的内容,我以为四十五岁是个拐点。四十五岁之前寻找的是未知的梦,目不斜视,勇往直前;四十五岁之后寻找的是已知的梦,频频回首,流连忘返。

我过了四十五,我亦如此。比如烟台。

之于我,烟台有两点特殊。一是我的祖籍,时称登州,二是我最早心仪的城市。早在三十五年前的一九七四年我就到过烟台,并且住了三个多月。那时我是学日语的

"工农兵学员"，从学校所在地的长春去烟台港实习——登上日本货轮同日本人说日语，交涉简单的轮船代理业务。你猜我上船看到了什么？在船舱里看到了月历上的彩色裸体女人画！那时"文革"仍在继续，学校不许谈恋爱，全国上下除了江青没有第二个女人穿裙子。可以想见裸体画在我和我这样的男生脑海里心里引爆了什么，那绝不是仅靠"资产阶级腐朽生活方式"和"糖衣炮弹"这种纯粹的观念所能之与抗衡的。我们住在离烟台山很近的海滨一所名叫"烟台水产学校"的学生宿舍里。整座校园全是旧式小洋楼，两层居多，红瓦，红褐色或土黄色石砌外墙，朱红色木栏杆木楼梯，梧桐树，月季花，海平线，涛声，在"文革"的无序和喧嚣声中俨然世外桃源。我住的宿舍紧靠海岸，同是这样的小楼。男生住的和女生住的之间有木楼梯曲折相连。有这样一幅场景至今仍分外清晰地浮现出来：班上两个会游泳的男生从海里游罢上岸，夏日的阳光在他们挂着水珠的肌肉发达的健美裸体上跳跃，楼上窗口几名女生的目光也在两人的裸体上跳跃。从日本货轮那幅月历下实习归来的我忽然从女生的目光中发现了一种异样的东西。而我当时瘦得就像海边礁石上晒的鱼干,心底不禁泛起类似屈辱的痛楚……

对了,除了实习,我们还在一家大约叫"烟台纺织器材厂"的工厂学工,每人跟一个师傅学习操作。不知幸与不幸,我的师傅是一个二十来岁的女孩,而且是个漂亮女孩,一身蓝色工作服反倒显出她身上近乎玲珑剔透的美,尤其那对晶莹的眸子简直叫人不敢对视,笑起来活像故乡篱笆上忽一下子绽开的粉色牵牛花——烟台的女子真是妩媚动人!而这又和日本货轮月历因素和游泳男生上岸因素奇妙地搅和在一起,急剧地搅和成一个漩涡,而我处于漩涡的正中。我开始怀疑自己很低级趣味,怀疑自己被什么击中了腐蚀了,我开始厌恶自己鄙视自己。

黄昏时分,我每每在那座校园内的梧桐树下往来散步,或从宿舍楼窗口望着水天一色的远方发呆,之后走出宿舍沿着海边石板路让海风吹拂自己,目送海鸥掠过烟台山塔尖那高傲的身姿……当一切渐渐平复之后,我发觉自己喜欢上了烟台,爱上了烟台!可以说,在这个世界上烟台是第一个让我由衷爱上的城市。

三十五年后的今天,我第五次来到烟台,第五次寻找我住过三个多月的地方,寻找那段刻骨铭心的百日梦痕。

135

巨大的海滨广场。同烟台山相对的广场另一端有十几座散在的古旧小洋楼，最靠海边的一座应该是自己住过的"烟台水产学校"宿舍。但那蔚然成片的建筑群呢？那曲径通幽的院落呢？那黄昏般的基调和情调呢？那浓荫蔽日的法国梧桐呢？寸草不生的大理石地面，粉刷一新的外墙，堂而皇之的装修。我信步走进一座"VIP RESTAURANT 贵宾楼"，一位面容仿佛当年那位工厂年轻师傅的漂亮女孩以道万福的优雅姿势微笑着轻启朱唇："先生，您预订了么？"我讪讪地说三十五年前我住过这里，冒昧进来看看。三十五年前？女孩以注视侏罗纪恐龙般的眼神看我片刻，"先生请便！"出门回头，墙上钉有一方深黑色塑料牌："登记保护的不可移动文物：英国民居烟台市文化局"。

　　我的寻梦烟台之旅到此为止，三十五年的梦至此梦醒。

（2008.8.10）

旅游:寻找失落的故乡

鲁迅先生说人一阔脸就变。脸变没变不好断定,如今国人阔肯定是阔了,而且是相当阔了——没准比"赵太爷"还阔——阔的证据之一,是不再窝在家里受用老婆孩子热炕头,而是满世界旅游。尤其国庆这样的"黄金周",几乎无人不游。于是网上戏曰:月入两万国外游,月入一万国内游,月入五千省内游,月入三千郊游市内游。总之非游不可,不游不快。岭南塞北,海角天涯,"到此一游"触目可见——非阔而何?

势之所趋,我也游。非我瞎说,仅青州就游了三次。前年青州,去年青州,今年青州。既非遥远的美国加州,又不是近邻日本的北九州和朝鲜的新义州,也不是国内的扬州苏州杭州广州贵州,非青州不可。何苦非青州不可呢?虽说青州名列古九州之首,但明清以降因改称益都,青州之称早已淡出。直到一九八六年才复称青州,却也不过是小小的县级市。说实话,我始知青州是因为读三国,而实际确认则是几年前途经作为铁路站名的"青州市站"时的事了。当时心想为什么叫"青州市站",而不像广州站那样就叫青州站呢?据我所知,站名刻意加"市"字者,仅此一例。

但我连年三游青州,当然不是为了研究"青州市"课题,也不完全因为自己大体属于"省内游"一族。那么因为什么呢?到底因为什么呢?我必须给自己一个答案、一个回复、一个交代。

青州旅游景点联翩闪过我的脑际:云门山号称天下第一大的"寿"字、驼山隋唐石窟摩崖造像群、仰天山佛光崖和千佛洞、有"北方九寨沟"之称的黄花溪、山东省保存最好的明清古村落——井塘古村,以及范公亭、三贤祠、李清照故居、偶园、昭德古街……最后重新闪回并交替定格的,只有井塘古村和昭德古街。村头的轳辘井和井旁挂满小灯笼般硕果累累的柿子树,村路旁黑漆斑驳木纹裸露而不失雅趣的老式木格窗,点缀几枝金黄色的野菊花或几朵紫色牵牛花的半截残缺的石砌院墙……和井塘古村同样,昭德古街也没修复。古旧的青砖灰瓦,格窗板门,时有书香门第或大户人家的飞檐翘角,破败却又透出一股傲岸之气。尤其金乌西坠而夕晖照临之际,漫步其间,恍惚觉得范仲淹、欧阳修、富弼、赵明诚、李清照正迎面走来或擦肩而过,甚至闻得袁绍曹操官渡鏖兵的马蹄声声……

我思忖,旅游至少可分为两类。一类是寻找陌生美,体验异文化冲击,如境外游和境内边塞之旅。另一类是寻找熟识美,体认某种已逝的记忆。以中国古典言之,即"似曾相识燕归来""风景旧曾谙"。再换个说法,前者是探访他乡或异乡,充满好奇心和求知欲;后者则是追问故乡,怀有寻根意识和归省情思,所去之处无不是扩大了的故乡,无不是为了给乡愁以慰藉。在这个意义上,后者也是在寻找自己的童年以至人类的童年,因而脚步每每迈向乡村或依稀保有乡村面影的小城小镇。

雷蒙·威廉斯有一本书叫《乡愁与城市》。他在书中写道:"一种关于乡村的观点往往是一种关于童年的观点:不仅仅是关于当地的记忆,或是理想化的共有的记忆,还有对童年的感受,对全心全意沉浸于自己世界中那种快乐的感觉——在我们的成长过程中,我们最终疏远了自己的这个世界并与之分离,结果这种感觉和那个童年世界一起变成了我们观察的对象。"这段话不妨视之为对后一类旅行的理性解释和补充。是的,我们是在寻找最终疏离了自己或者莫如说自己疏离的那个世界和对那个世界的童年感受。简单说来,怀旧、怀乡!

那么,我的青州旅游属于哪一类呢?答案已不言而喻:属于后者。对我来说,青州不外乎是之于我的扩大了的、泛化了的故乡。抑或,我在青州找到了自己已然失落的故乡、已然失落的童年。唯其如此,我才连游三次仍乐此不疲。在广义上,我和我这样的人是在迷恋现代化、城镇化前的宁静,迷恋小桥流水、炊烟晚霞的温情,迷恋人类永远无法返回的童年和庇护童年的"周庄"。

而这,也说明自己老了——自己已不具有登高远眺喷薄欲出的朝阳的体力和勇气了。就此而言,之于我,青州之旅并不仅仅是寻找故乡、寻找庇护童年的"周庄"和自己,也可能是在寻找身为都市异乡人的当下的自己。

（2013.10.18）

慢美学或美学意义上的慢

学校进入年终"盘点"阶段。出题，考试，阅卷。我也阅卷。本科生阅完了，阅研究生。地方小城，人微言轻，自然招不来北大清华复旦高才生，但毕竟以十比一淘汰制招进门的，加之"80后"们"90后"们脑细胞发育极好，故而答卷不乏亮点，如灰头土脑的草坪上不时绽开几朵嫩黄色的蒲公英，带给我一分惊喜，一丝慰藉，至少使得阅卷中连续滚动的干涩眼球有了动力和润滑感。

试举一例。给研究生上课时我讲到我的老伙计村上春树，讲起他的短篇集《再袭面包店》中的《象的失踪》。故事很简单。日本一座小镇饲养的一头老得"举步维艰"的大象忽然失踪了，失踪得利利索索。若是小猫小狗倒也罢了，而体积如山的大象失踪无论如何都匪夷所思。于是我让研究生们写一篇小论文，论述大象失踪的原因和意义。大部分人的论述都中规中矩，都在意料之中。正当阅卷的我为此阅得人困马乏之时,"蒲公英"出现了!一位研究生写道失踪的大象乃是村上春树的图腾(象图腾!)——大概村上骨子里想做一只大大的、特立独行的、老实安静而又孤傲任性的大象,有自成一体的思想和价值观,追求灵魂的独立和自由,某一天对象舍或围栅感觉不爽了,就招呼也不打地失踪了,以此表达他对这个越来越急功近利的世界的不满和担忧。

尤为难得的是,这位研究生还从性格沉静、喜欢慢节奏的大象(或村上)的赏析过渡到对"慢美学"的描述和向往。她为此引用了李商隐的《夜雨寄北》:"君问归期未有期,巴山夜雨涨秋池。何当共剪西窗烛,却话巴山夜雨时。"通常认为这首诗表达的是诗人对远方妻子的深情思念。但换一个角度,便不难发现其中更值得玩味的情境:一个人听着窗外夜雨思念另一个人会是怎样的景况、怎样的心境?如今还有谁会谛听一场夜雨?会在夜雨淅沥声中思念远方的某个人?

是啊,时代的发展与科技的进步,已经在很大程度上消解了人们对巴山夜雨的美学憧憬,大自然被掀开了"天灵盖",一切被赤裸裸置于充满功利性的冷酷目光的审视之下,一切被钉在"时间就是生命,时间就是金钱"的座右铭中,一切被绑在风驰电掣顷刻万里的时代高铁之上。没有人品听夏夜雨打芭蕉的声韵,没有人细看冬日六角奇葩的舞姿,没有人仰观月亮上的嫦娥和玉兔。更没有人静静等待山溪缓缓汇集,只想游览千岛湖风光;没有人默默等待青卷黄灯的长夜,只想发表论文评职称;没有人慢慢等待爱情的种子缓缓发芽,只想偷食禁果。慢成了一种消耗,一种奢侈,一种乖张。一句话,成了不合时宜的大象。殊不知大凡艺术、大凡美都源于慢,都同慢有关——花朵绽放之前,要慢慢忍受风雪交加的寒冬,彩蝶展翅之前,要在黑暗的茧壳中慢慢等待……

看到这里,想到这里,我陡然想到了自己。多少年来自己是不是也跑得太快了?课一节接一节上,不曾停下来回头欣赏课堂上的风景,而意识到时,已经上了三十年。书一本接一本译,连译了多少本都忘记数了。某日上海一所大学的博士生发来拙译一览表,这才得知已经译了七十多本,仅村上就译了四十一本。文章也一篇接一篇写。甚至岁数都忘了。一直以为自己仍三四十岁,而蓦然回首,早已年过半百!好在岁数也似乎忘记了我。非我自作多情,几乎所有人都看不出我有那么大岁数。作为岁数忘记我的具体根据,一是忘了让我掉头发。漫说谢顶,连华盖征兆都尚未出现,即使同二十岁时相比也好像一根也不少;二是忘了让我发福。和村上向往的"举步维艰"的老年大笨象不同,至今不知肚腩为何物,走路爬山健步如飞,"90后"跟上来都气喘吁吁。三是记忆力仍好得出奇。谁若说我坏话,连标点符号都记得一清二楚。至于日语单词,再冷僻难记的也休想向我挑战,日语那玩意儿还算外语么!

然而问题是,这就是生活的一切、人生的一切吗?人生就是记单词、就是上课、翻译和写文章吗?多少年来,我没留意手中茶杯的花纹和色差,没留意耳边音乐的主题及乐器合成,没留意家人白天干家务的倦容和晚间休息时的睡相,没留意父母脸上日益增多的皱纹和日渐滞重的脚步……

这么着,我决定二〇一三年让自己慢下来,是不是美学意义上的慢或慢美学我不知道,但有一点可以断定:慢定能产生美学,产生另一种美,甚至产生爱。

(2013.1.17)

夜半听雨

古人有四喜:洞房花烛夜,金榜题名时,久旱逢甘雨,他乡遇故知。作为今人,昨天得其一喜:久旱逢甘雨。胶东,青岛,一百四十一天,几乎片雪未落,滴雨未下。大地赤身裸体,皮肤干裂,满面灰尘。麦苗嗷嗷待哺,草坪奄奄一息。等啊盼啊,昨天终于下雨了。始而迷迷蒙蒙,如烟似雾;继而淅淅沥沥,无数银丝;及至夜半,已可听见窗外嘀嘀嗒嗒的雨点声了。

这是一百四十天来我听到的最悦耳的音乐。嘀、嘀嗒、嘀嗒嗒、嘀嘀嗒嗒……半夜十二点,万籁俱寂,唯有雨点声传来耳畔。时强时弱,时快时慢,时断时续。我静静听着,不忍睡去,觉得人世间、人生中再没有比这夜半听雨更幸福的事了。有两三次声音太微弱了,我便翻身坐起,侧耳细听,听得真切时才舒了口气,放心躺下。后来觉得躺着听未免太傲慢太奢侈了,遂披衣而起,走去隔壁书房,在两排书架的角落面对窗口坐下。

我怕惊扰雨点声,没有开灯,就那样摸黑坐着不动。书房是家中最大的房间。六扇木格纸糊拉窗在眼前整齐排开,隐约的天光印在上面,宛如一大张半透明的方格稿纸。雨点声仍从外面传来,小心翼翼,如一个在外边淘了气而回家不敢大声敲门的男孩儿。我继续听着,心里愈发充满了欣喜。家人早已睡熟,邻人大概也已进入梦乡,由我一人独占了这夜雨赠送的幸福和喜悦。我蜷缩在角落里像小学生课堂听写一样听着、听着。仿佛看见大地粗糙干裂的肌肤重新焕发生机,嗷嗷待哺的麦苗正在大口小口吮吸上天的乳汁,奄奄一息的小草正准备明晨返青。很快,蒲公英在我眼前扬起嫩黄色的小脸,垂柳拂动翠绿的腰肢和长袖,杏花引来身材娇小的雨燕和体态丰盈的喜鹊……

雨点声依然嘀嗒不止。是的,她是此时此刻唯一的打击乐。单纯,但绝不单调。聆听之间,我想起了南宋蒋捷的那首《虞美人·听雨》:"少年听雨歌楼上,红烛昏罗帐。壮年听雨客舟中,江阔云低,断雁叫西风。而今听雨僧庐下,鬓已星星也。悲欢离合总无情,一任阶前,点滴到天明。"

王国维有治学三境界之说，此词或可称为听雨三境界。雨声或许相同，而听者却由少年而壮年而老年，因此听出了三种不同的人生况味。而我，壮年客居岭南，而今鬓已星星，心境或可近之。唯少年大异其趣。蒋捷生当宋元易代之际，宋末金榜题名，考中进士，有过听雨歌楼、红灯摇曳、罗帐低垂的诗意与浪漫。而我的少年呢？我的当年呢？

不在歌楼，不在昏罗帐，在山沟，在青纱帐——在烈日下的高粱玉米田里铲地除草。那时我才十几岁——因为"文革"，念完初一就没得念了——人瘦得比高粱秆玉米秆粗不了多少，个头又较之矮了一截，进了青纱帐，就像进了原始森林。头上，阳光从高粱穗或玉米叶间火辣辣扎下来；四周，玉米叶的毛刺如小钢锯划着赤裸的胳膊和脖颈。加之密不透风，浑如蒸笼无异。汗水流进眼角嘴角，流过搓衣板前胸和钢筋隆起的脊背——纵然才华横溢的蒋捷，怕也写不出词来。那里不存在"虞美人"，不存在宋词，不存在文学。

嘀、嘀嗒、嘀嗒嗒……窗外雨点继续低吟浅唱。是的，当年我也盼雨，或者莫如说，除了盼雨没什么可盼的，因为只有雨天可以歇工。没有周末周日，没有"十一"黄金周，没有春节——大年初一就要刨冻粪搞什么见鬼的"开工红"——只有太阳和雨。讨厌太阳。太阳刚一出山就要出工，太阳下山才能下工。太阳偏偏起床那么早，夏天甚至三点半就冒头，晚间七点半了还不肯缩回。好在有雨，下雨可以不出工。看《苦菜花》，特别能理解地主家"长工"的心情："黑了别明，阴了别晴，大小有点病，可别送了命"。

下雨可以休息，休息可以看书。我在雨声中歪在炕上看书。偷看《千家诗》，背《汉语成语小词典》。我必须感谢雨，如果我今天在文学上——翻译也罢创作也罢——有一点点作为，都是拜雨所赐。如果不下雨，我肯定旱死在那个小山沟……

真好，雨点仍在嘀嗒。看时间，凌晨三点。全然不困。索性拉亮台灯，写了这篇杂乱的文字，献给亲爱的雨。

（2011.2.28）

书房夜雨思铁生

也许你喜欢华灯初上的黄昏街头,喜欢万家灯火的入夜城区。我也并非不喜欢,但我更喜欢夜深人静时分书房那盏孤灯、书灯。若窗外响起淅淅沥沥的雨声,我往往掷笔于案,走去两排书橱的夹角,蜷缩在小沙发上,捧一杯清茶,在雨声中任凭自己的思绪跑得很远很远。倏尔由远而近,倏尔由近而远。

记得南宋诗人蒋捷有一首词《虞美人·听雨》:"少年听雨歌楼上,红烛昏罗帐。壮年听雨客舟中,江阔云低,断雁叫西风。而今听雨僧庐下,鬓已星星也。悲欢离合总无情,一任阶前点滴到天明。"雨或许是同样的雨,但听雨的场所变了,由歌楼而客舟而僧庐。年龄亦由少年而壮年而老年,最后定格在老年听雨僧庐。我则听雨书房。没有红烛昏罗帐的孟浪,没有断雁西风的悲凉。不过,想必因为同样鬓已星星,"悲欢离合总无情",庶几近之。

夜雨关情之作,李商隐的诗更加广为人知:"君问归期未有期,巴山夜雨涨秋池。何当共剪西窗烛,却话巴山夜雨时。"写得真好,世界第一。拿两个诺贝尔文学奖都不过分。

如今,李商隐不在了,蒋捷不在了。所幸雨还在,夜还在,烛也还在。雨、夜、烛(灯)、书房,四者构成一个充分自足的世界、一个完整无缺的情境。不是吗?白天的雨是不属于自己的,甚至是妨碍自己的他者。不仅白天的雨,而且白天本身也好像很难属于自己。属于政治,属于经济,属于公众,属于征战与拼搏,唯独不属于自己。但雨夜不同,夜的细雨不同。夜雨具有极重的私人性质,是专门为自己、为每一个独处男女下的雨。雨丝、雨滴从高高的天空云层穿过沉沉的夜幕,轻轻划过书房的檐前,或者悄悄叩击灯光隐约的玻璃窗扇,仿佛向你我传递种种样样的信息,讲述种种样样的故事,天外的,远方的,近邻的,地表地下的……至少,雨没有忽略宇宙间这颗小小的行星上蜷缩在书房角落的微乎其微的自己——我不由得涌起一股莫可言喻的感动。

蓦然,我想起了已经去世两年多的史铁生。铁生说夜晚是心的故乡,存放着童年的梦。是啊,故乡!"这故乡的

150

风，这故乡的云，帮我抚平伤痕。我曾经豪情万丈，归来却是空空的行囊……"我的故乡呢？我的故乡远在千里之外。可我仍然看见了故乡的云，故乡的雨，故乡的灯。看见了那座小山村的夜雨孤灯，看见祖父正在灯下哼着什么谣曲编筐编席子，看见灯下母亲映在泥巴墙上纳鞋底的身影。甚至看见了我自己。看见自己算怎么回事呢？但那个人分明是自己——一盏煤油灯下，自己正趴在炕角矮桌上抄录书上的漂亮句子。油越来越少，灯越来越暗，头越来越低。忽然，"嗞啦"一声，灯火苗烧着额前的头发，烧出一股好像烧麻雀的特殊焦煳味儿。俄尔，屋角搪瓷脸盆"咚"一声响起滴水声。我知道，外面的雨肯定下大了，屋顶漏雨了。草房，多年没苫了，苫不起。生活不是抄在本本上的漂亮句子。可我归终必须感谢那些漂亮句子，是那些漂亮句子使我对山间轻盈的晨雾和天边亮丽的晚霞始终保持不息的感动和审美激情。是她们拉我走出那座小山村，把我推向华灯初上的都市街衢。

此刻，故乡也在下雨吗？那盏煤油灯还在吗？童年的梦？是梦又不是梦，不是梦又是梦。铁生说得不错，那是存放着的童年的梦，存放在夜晚，存放在下雨的夜晚，存放在弥散着雨夜昏黄灯光的书房中。我觉得,自己最终还是要返回那个小山村,返回故乡。因此,这里存放的不仅仅是童年的梦,也是自己现在的梦。

铁生上面的话没有说完,他接着说道:"夜晚是人独对苍天的时候:我为什么要来?我能不能不来,以及能不能再来?"三个追问,大体说了三生:前生、今生、来生。夜雨孤灯,坐拥书城,恐怕任何人都会不期然想到这个神秘而重大的命题。作为宗教命题是有解的,而作为哲学和人生命题则是无解的。特别是来生:能不能再来?铁生没有明确回答,但他说了这样一句:"推而演之,死也就是生的一种形态。"铁生的今生已经结束了。那么他的"生"之形态究竟是怎样一种形态?铁生夫人陈希米日前出了一本书《让"死"活下去》,以其特殊身份和特殊情感做出了某种程度的回答。但我所关心的,更是铁生实际上能不能再来?逝者能不能再来?

想到这里,我走去窗前,拉开窗,面对无边的夜空和无尽的雨丝沉思良久。不管怎样,我还是相信灵魂,相信灵魂的不死和永恒。

(2013.3.15)

演讲:抗拒衰老

说一下老。老是我们人生舞台必然上演的节目,一幕黄昏时段电视悲情剧。"夕阳无限好,只是近黄昏"。也就是说,哪怕夕阳再好,也没有人欢迎它的到来。人人盼望长大,没人盼望衰老。人人羡慕青春年少,没人羡慕老态龙钟——老是没有前途的。或在村头大榆树下眼望暮鸦归巢雨云汇集,或在楼前石凳上任凭冷风掠过脊背,或在房间一角打开尘封的相册默默注视泛黄的照片黯然神伤……

然而我正在变老。以前灯下伏案,即使半夜十二点也文思泉涌,甚至听得见脑筋运转的惬意声响。而现在,不到十点半就运转不灵了,如当年在乡下推的石碾砣一样沉重。还有,以前上下楼梯,一步两阶都面不改色心不跳。而现在,即使楼下运钞车撒了满地钞票我也一阶阶循阶而下。不过还好,上天毕竟没把我一下子推进老年这道门扇,而在门前留了一道尚可徘徊的隔离带——我仍在讲课，还时不时东南西北登台讲演。如果头天晚上睡个好觉，加上台下有无数对热切的眼睛有无数张真诚的笑脸正对着自己，我顿觉精神百倍，容光焕发，全然不知老之已至。我想，我未必多么热爱演讲本身，而是在用演讲抗拒衰老。

天佑人助，仅今年就讲了二十多场。从首都北京到西北高原，从黄鹤楼下到黄浦江边。讲王小波、史铁生、莫言，讲村上春树。讲都市"白领"的孤独自守，讲知识分子的社会担当。当然也讲我的老本行文学翻译。即使讲这种专业性话题，我也注意避免讲得老成持重、老气横秋。不信请听我上个星期在上海外国语大学讲演的开场白："诸位或许知道或许不知道，我所供职的中国海洋大学的前身是国立青岛大学。国立青岛大学外文系第一任系主任是梁实秋，因此梁实秋也是我的第一任系主任。他当然没领导过我也压根儿不晓得我。不过说心里话，我是多么渴望由他领导我啊！如果他领导我，那么我翻译的村上春树夏目漱石川端康成什么的，肯定是响当当或当当响的专业成果，混得个教研室副主任兼党支部副书记当当亦未可知。这是因为，梁实秋不仅是散文家、学问家，也是人所共知的翻译家……

偶尔也刻意提到老,倚老卖老。"都说村上文学的主题是孤独。其实,世界上最孤独最最孤独的,莫过于一个老男人深更半夜里独自躲在卫生间里对着镜子染头发……"台下顿时响起爽朗的笑声。年轻人在笑声中记住和领悟了孤独,文学的孤独,人生的孤独,年老的孤独。我在笑声中把玩孤独,稀释孤独,流放孤独。更重要的,在笑声中忘记了老。

应该说,演讲会场是个非日常性的特异空间。鲜花般的笑脸,星光般的眼睛,火焰般热情,爆豆般的掌声。一切都是老的对立面。我因此得以抗拒衰老。

这么着,即使在这十二月三十一日这二〇一四年最后一天,我也没意识到自己马上要老一岁。不就是日历翻过一页、月历新换一本吗?又不是要改天换地或者举家搬到别的星球上去!

真正让我从不老梦中醒来的是刚才的电话铃声。听筒中传来老同学急切切的语声:"老林啊老林,老同学啊老同学,养老金可要并轨了呀!我们这儿一千七百多个教授差不多有四百个退休拿养老金去了。你是将革命进行

155

到底还是马上撂挑子赶在并轨前告老还乡啊？好汉不吃眼前亏，讲课讲演重要还是拿养老金养老重要？"

这个"老"还能抗拒吗？

（2014.12.31）

醉卧钱塘

　　青岛。杭州。青岛是中国北方最美的城市,杭州是中国南方最美的城市。而我从青岛飞来杭州,并且是在杭州最美的时节:四月中旬。阳历四月,正值古时的江南三月。莺飞草长,落英缤纷,桃红柳绿,云淡风轻。春天至少比青岛早来半个月。

　　讲课,讲座。讲座还没开始,讲课每天上午四节。翻译匠给翻译班研究生讲翻译,好比种大田菜的农民被请来种园子,驾轻就熟,得心应手,好不快意。何况,班上绝大多数是女生。教罢青岛女孩,又教杭州女孩。同样端庄同样漂亮,但稍加比较,前者洗练而爽直,后者婉约而娟秀。以酒比之,青岛女孩如纯生青啤,清冽而约略苦涩;杭州女孩则如陈年花雕,晶莹而韵味绵长。这么着,讲课不敢高声,担心惊破眼前波平如镜的西湖水面;亦不敢开粗野的玩笑,生怕刺伤欲开未开的脆弱花蕾。然而正是这种微

157

妙的平衡，让我又一次深深爱上了教师这个职业。青岛好，杭州好，江南三月好，教师这个职业更好。

下午没课，美美睡了个午觉。起来泡了杯西湖龙井，悠悠然喝完，怔怔看了片刻窗外绿荫，便想出去走走。真正的西湖很远，西溪湿地更远。问之，钱塘江就在附近。出校门左拐，沿着樱花拥裹的人行道步行十几分钟，果见一江横陈。浩浩汤汤，水波不兴，前不见头，后不见尾，对岸都几乎不见。钱塘江！

家乡有松花江，生活二十余年的广州有珠江，前不久去过的武汉有长江，如今生活的山东有黄河。但在亲近感这点上，似乎都比不上初次相见的钱塘江。这是为什么呢？沉思有顷，忽然记起来了。记得小时候一次去小学操场看电影。电影什么名记不得了，只记得钱塘江里有个龙王，龙王的儿子小龙王跃出江面，摇身变成英俊的秀才，要和搭救过他的美丽村姑成亲。因触犯天条，天帝大怒，派虾兵蟹将前来捉拿。于是小龙王现回原形，腾云驾雾，甩开穷追不舍的虾兵蟹将们……

那时我大约上小学三年级。自那以后一段时间里，上山拾柴回来码好柴垛后，我就每每躺在柴垛上仰望天空。

一边望着天上时浓时淡变幻不定的流云，一边幻想自己变成钱塘江里的小龙王腾云驾雾。倒也不是一定想干什么，毕竟还小，没想和邻院的漂亮村姑成亲，也没想飞离只有五户人家的小山村，但就是喜欢那样幻想。有时想得豪情满怀，有时想得黯然神伤。而更多时候，觉得身下柴垛果真化为云雾把自己飘乎乎托了起来⋯⋯一段从未告人的少年心事。由于岁月相隔太久了，连我自己都已忘却，忘却它曾在自己心中存在过并且给过自己莫可言喻的感动、遐思和慰藉。

而我此刻得知，是那段心事让我对钱塘江产生了特殊的亲近感。或者莫如说是眼前的钱塘江使得那段记忆倏然复苏过来。同时我也明白了为什么龙王意象没出现在松花江而出现在钱塘江。它此刻的坦荡，它八月十五的怒潮，它远处迷蒙的雾霭，以及它的诗意名字⋯⋯龙王传说非它莫属。

我在堤坝草坡弓身坐下。身后是钱塘江，眼前是一条与钱塘江平行流淌但窄得多的小河。河两岸是依依的垂柳、挺拔的白杨、笔直的水杉、开花的双樱和枝叶茂密的小叶榕，高低错落，疏密有致，一派勃勃生机。草坪上毛茸茸一片白的,是飞落的柳絮;轻盈盈一片粉红,是飘零的樱花。蒲公英像金色的星斗,槿菜花如小女孩眨闪的眼睛。但最有情调的还是两岸的芦苇。新芦苇齐刷刷嫩生生拔地而起,差不多齐腰高了,而枯黄的老芦苇们仍倔强地挺立不动。虽已年老,却不体衰,更不让位,俨然英国的伊丽莎白女王陛下。黄与绿,枯与荣,青春与老去,寂寥与生机……

我索性躺下,像当年躺在柴垛上那样仰面躺在堤坡。已然西斜的太阳偶尔从灰白的云絮间洒下几缕淡淡的光线。小龙王还在吗?如果在,想必就在身旁。儿时的偶像和幻想,脑海中腾云驾雾图像的原始凭依,虚拟飞升感的最初起源。而与之相遇的旅程,却整整走了半个世纪。说不定,是他、是钱塘龙王让我走了半个世纪,在此时此刻走来这里,走来钱塘江。

我爬起身,掏出一听罐装啤酒,慢慢喝着。而后再次仰面躺下。不知醉了还是没醉。即使醉了,也跟啤酒无关。

(2012.4.19)

候机大厅里的讲演

如今很多人出门都坐飞机，我也坐。坐飞机必先候机，在候机大厅候机。大厅宽敞明亮，俨然恒温条件下的小天安门广场。男士大多衣冠楚楚，女子间或长裙飘飘。适度的香水味儿，不算嘈杂的语声。航班倘不延误，倒也不无快意。等就等一会儿吧，等候也是我们人生旅程少不得的节目。吃饭要等，幽会要等，婚宴要等，晋升要等，退休金要等，甚至上卫生间也要等。等等飞机又有什么不可以呢？看看书，发发呆，望望天穹般的天花板，或猜猜对面男女的相爱性质，半小时一忽儿过去。不管怎么说，飞向远方总是让人欢喜的事。

只是，每次路过或进入候机大厅的书店，那里都正有一位中年男士讲演，在店门正中的电脑显示屏上讲演。眉飞色舞，滔滔不绝，手势果断，慷慨激昂。或许因为我是"文革"过来之人，其情其景，不由得让我想起当时苏联老

161

电影列宁挥手号召民众拿起武器起义的讲演镜头，遂驻步视听片刻。讲演者十分激动，比十月革命风暴中的列宁同志还激动。革命已然成功，何必这么激动呢？这家伙想干什么？我条件反射地提高革命警惕，赶紧侧耳细听。原来他是在百般诱导企业员工如何施展手段讨好老板，挤压同事，尽快爬上去挣更多的钞票——若是这等道理和做法，好好说就行了嘛，何须那么激动那么声嘶力竭？你又不是列宁要鼓动工人推翻老板！端的匪夷所思。我也偶尔讲演，深知讲演要把握好节奏，不宜激动到底，声嘶力竭更是要不得的，把前排吹弹可破的漂亮女生吓哭了怎么办？

　　断断续续几次听下来，我意识到显示屏演讲者的问题主要还不在于讲演方式，讲演内容更成问题：他在鼓吹狼哲学！鼓吹弱肉强食的丛林法则！提倡竞争诚然值得肯定，问题在于靠什么竞争，靠德行、人品还是心术、手腕？要知道，一个在普通岗位上兢兢业业、诚实本分、富有爱心的普通员工也是为企业需要并且值得尊敬的人。何况客观上绝大多数人都是普通人，肯定普通人或平凡之人的价值和肯定精英——正道直行的精英——的价值同样重要。怎么可以唆使大家非踩着别人肩膀爬上去不可呢？这个社会的"狼"还不够多吗？

　　说来也怪,无论北京南京还是杭州广州,大凡我去过的机场都必有那位讲演者等我，百分之百，比伏击战还准。一次我实在忍无可忍了,指着显示屏问书店女孩:此人是谁?为什么全国所有机场书店都放此人图像?是不是统统被他买通了? 女孩始而一愣,继而换上尴尬的笑容:"企业培训都用他的演讲啊！"噢,问题岂不愈发严重?

（2012.6.18）

乐活读书的魅力

乐活,LOHAS,Lifestyles of Health and Sustainability 之略——"健康的可持续性的生活方式"。生活方式尽可多种多样,也应该多种多样,但在工业文明、物质文明处于十字路口的二十一世纪,乐活无疑是最应提倡、最具价值和最有生命力的生活方式。乐活不就等于环保,但环保无疑是乐活的灵魂。不妨说,较之高楼大厦上的霓虹灯,乐活更是小径竹篱上的牵牛花;较之"奔驰""宝马"一路奔驰的汽笛声,乐活更是山荫道上啁啾的鸟鸣;较之灯红酒绿觥筹交错的豪华宴席,乐活更是小院葡萄架下的一杯清茶⋯⋯不言而喻,乐活营造的不仅仅是健康的形而下的物质生活,更是健康的形而上的精神生活,追求心灵提升和审美愉悦。而这显然离不开读书。乐活离不开阅读,离开阅读的乐活必然活不快乐——乐活的性格和旨趣注定乐活只能出身于书香门第。于是有了乐活式阅读。

那么,什么样的阅读才是可以说是乐活式阅读呢?依我的理解和体会,乐活式阅读似乎应该是如下这个样子:

A、非功利性阅读。即阅读本位的阅读,不期待手中的书页明天就会变成白花花光闪闪的银两,就会化为用洋文印制的哈佛录取通知书,就会送来漂亮女孩别有意味的媚眼和笑靥,没有这些花花绿绿的世俗功利性杂念。也就是说,不把阅读作为充电器,作为功课,作为手段。阅读就是阅读。如同饥来吃饭,渴来喝水,困来睡觉,阅读仅仅是近乎本能的内在需求。夕晖中骑在牛背上读也好,灯光下歪在沙发中读也好,嚼着口香糖坐在动车组窗前读也好,旁若无人地站在书店通道读也好,随你怎么读。想读就读,想读什么就读什么,想读多少就读多少,兴之所至,心之所趋,情之所系,目之所移,"一榻清风书叶舞,半窗明月墨花香",任由字里行间迭涌的波浪把自己轻轻送往未知的神奇的远方,听天风浩浩,看白云悠悠——难道这不是人世间最美妙的享受吗?

B、非求证性阅读。国人受传统语文教育的影响,即使阅读诗歌小说等文学作品也往往忘不了归纳段落大意,忘不了总结中心思想,甚至忘不了追问任何一个小小隐喻的喻义所在。这点在看村上春树小说时表现得尤为明显——常有读者来信问我《寻羊冒险记》中的羊代表什么?《象的失踪》中那么大的非洲象为什么会一下子缩小和下落不明?《挪威的森林》的直子为什么不和"我"在一起而非要自杀不可?总之收获了满脑袋大大小小的问号,弄得自己愁眉苦脸疲惫不堪。依我愚见,文学作品原本不是用脑袋读用理性读的——研究者除外——而要用心用sense来读。脑袋里与其装问号,莫如装感叹号和删节号。阅读村上,较之急切切刨根问底,莫如慢悠悠和渡边君一起"置身于那片草地中,呼吸草的芬芳,感受风的轻柔,谛听鸟的鸣啭",莫如和"我"一同感觉夏日的气息:"海潮的清香,遥远的汽笛,女孩肌体的感触,洗发香波的气味,傍晚的和风,缥缈的憧憬……"不妨说,只有这样阅读才会产生物我两忘的审美愉悦,才会领略阅读特有的悠然心会之感。换言之,文学阅读不是求证意义,阅读本身即是意义,即是目的,即是生活。

C、非解构性阅读。在阅读古典文学名著、经典之作时尤其如此。即以敬畏的心情面对久经岁月洗礼的文学遗产,以虔诚的身姿走进民族先贤的心灵腹地。如今颇为流行戏说甚至恶搞，动辄以居高临下哗众取宠的架势对待文化名人及其留下的经典。如有人戏称诗仙李白是街头小混混儿，有人指责诸葛亮出师攻魏是想自己篡位做皇帝且劳民伤财，联名呼吁将《出师表》撤出中学语文课本，甚至有人拟在新拍《西游记》电视剧时给孙猴子找新潮的女朋友，闹得乌烟瘴气。说这些人居心叵测可能言重了，但至少这种随意解构经典的阅读心态是不健康的，而任何不健康的心态都有违乐活式阅读。作为一种生活态度和生活理念，乐活要求我们敬畏自然、尊重他人、节制自身。同样，对待文化经典和民族先贤，阅读时也应采取尊重、敬畏的态度。何况，经典文本往往是一个民族的核心价值和自证性（identity）的凭依，只有心态扭曲的人才会随意以解构、恶搞和亵渎。

所以，乐活式阅读要求阅读心态一定要健康，以健康的心态阅读健康的作品，尤其注重阅读能够触动心灵最本源部位的文字，清除功利性杂念，排空无谓的求证性问号，任凭文字纤细的触角静悄悄划过自己的心灵深处。恍惚间，不知我读书还是书读我，庄生梦蝶，乐而忘忧，不知老之将至——那不是"乐活"又是什么呢？

（2008.1.19）

我的三十五年:功成、名遂?

不瞒你说,近大半年来,一直有个念头在我的脑海、在我的心间挥之不去。借用那个典型的莎翁句式:退,还是不退? 这是个问题。

我出生于一九五二年九月。今年九月我将年满六十五,即使按博导标准,也该退休了。但是,同事和领导希望我最好留下别退,我就更加迷失在退与不退这条小路上——或徘徊于日暮时分,或辗转于子夜灯前,或踯躅于晨曦窗口……

人所共知,古代老子是中国有史以来的 5A 级大智者,比莎士比亚聪明得多,至少在他那里,是不存在所谓"That is the quistion"的。例如关于退休——尽管他那个时代还没有退休这项人事制度——老子这样说道:"功成、名遂、身退,天之道也。"那么,我功成名遂了么?老子的量化标准固然无从知晓,而若按当下通行标准,我想我差不多是功成名遂了的。

比如教书，教成了教授。时间跨度，三十五年。从气吞万里如虎的风流倜傥之龄，到鬓已星星矣的听雨阶前之年。空间跨度，从广东教到山东，从珠江之畔的广州花城教到黄海之滨的青岛岛城，从国务院侨办"211"暨南大学教到教育部直属"985"海洋大学。受众跨度，从本科生教到研究生，从学士教到硕士。人数之多，说桃李满天下未免夸口，而相逢不相识绝对属实。职称跨度，副教授是大跨度破格提拔，乃当年广东省文科最年轻的副教授。教授晋升虽然稍晚，但也未逾半百之数。此为教书之功。

比如翻译。教书是我的本职工作，是赖以养家糊口的铁饭碗，是主业。而翻译是课余爱好，是副业。结果却喧宾夺主，副业成了主业——就名声而言，我作为翻译匠的声望或知名度远在教书匠之上。外界可能有人不知道我是中国海洋大学的教授，但很少有人不知道我是翻译匠。那么翻译多少本了呢？上海的华东师大一位博士生的博士论文专门研究所谓林译。据他两年前统计，我独立翻译的单行本为八十一本。如今估计有九十本了。其中村上作品系列四十一本。截至去年十二月末，仅上海译文出版社就印行了八百七十万册,若加上十七年前漓江出版社、译林出版社出版的,总发行量至少有九百万册。一般认为一本书平均有四个读者,这样,我翻译的村上作品的读者、我的文字的读者就在三千六百万上下。你想,一个人——男人也好女人也好——不靠"拼爹"不靠团体不靠官位,而仅凭手中一支笔纵横天下,以这支笔流淌出来的文字拨动三四千万人的心弦,或多或少影响他们的阅读兴趣、审美取向、心灵品位以至生活格调,这个贡献怎么评价都未必过分。此为翻译之功、之名。

比如创作。常言说,翻译是为他人做嫁衣裳,为他人做久了,就想给自己做上一件;傅雷说翻译是"舌人",鹦鹉学舌久了,就想来了自鸣得意;杨绛说翻译是"仆人",当仆人久了,就想尝尝当主人的滋味。也是因为客观上有报刊约写专栏文章这个得天独厚的条件,十多年来,写了五百多篇散文、杂文、小品文。前天晚上写完第五百五十二篇。已结集出了五部散文集,第六部即将在百花文艺出版社下厂付印。加上其他的,已经给自己做了八件嫁衣裳,出了八本书。对了,上个星期湖南师大忽然传来一个让我极兴奋的消息——该校图书馆根据借阅次数统计出二〇一六年度最受师生欢迎的作家,本人居然忝列前十:东野圭吾、村上春树、余华、鲁迅、毕淑敏、王小波、林少华、三毛、路遥、韩寒。我跟在我所敬重的王小波后面名列第七。作为作者而非译者得此青睐,这可是破天荒头一遭。兴奋得一大早就偷喝了二两小酒。不言而喻,村上春树主要是我翻译的。也就是说前十之中,第七是我本人,第二村上与我有关。当然,作为我,最看重的不是第二,而是第七。第七是我作为作家转型取得初步成功的里程碑性标志。此为创作功名。

再比如学者。说实话,任教之初,我也是一门心思想当学者的,想写两三本砖头厚的学术专著"啪"一声砸在桌子上把周围同事吓个半死:不服?哼!而作为实际状况,一本还没写出三分之一就碰上了村上春树。而且幸也罢不幸也罢,最先碰上的是《挪威的森林》。那时候我还没这么老,还拖着三分之一截青春的尾巴。不用说,肯定绿子更有趣,三角关系更好玩,比搜肠刮肚抓耳挠腮捏造论文好玩多了。于是把学者理想一时扔去脑后,转而搞起了翻译。问题是,大学在本质上是学术团体,不搞学术研究光搞翻译就没有立足之地。说白了,就评不上副教授、教授。

而评不上副教授、教授，别说在学校没有立足之地，在家里也没有立足之地——这么说吧，全世界所有女人都瞧不起你都可以不在乎，而老婆一个女人瞧不起你就彻底玩儿完。所以，学术论文也还是要写的。好在我有翻译匠这个便利条件——翻译过程中总会别有心得，由此顺藤摸瓜总会摸出瓜来，而且没准比别人摸的大。事实上我摸的瓜也不算小。迄今为止，别的刊物不算，仅在社科院外文所《外国文学评论》刊物上就发了五篇。一般发两篇就可评教授，五篇可以评两个半教授。也就是说，这五篇足以搞定作为学者的江湖地位。此为治学之功，治学之名。

不很谦虚地说，作为一个常人，尤其作为一个因"文革"只读到初一、在只有五户人家的小山沟爬出来的百分之百属于草根阶层的男人，能取得以上四项功名，应该算得上功成名遂了吧？所以应该身退了吧？"功成，名遂，身退，天之道也。"

其实，当年若非校长挽留，六十岁那年就该退了。那年，我供职的中国海洋大学时任校长吴德星教授特意把我找到校长室："林老师，你别退休，再干五年！"我说我这个人有点儿另类，吴校长说当校长的一个常识，就是包容另类;我又说我也没什么国家项目课题什么的,吴校长停顿一下,缓缓说道:一个教授有影响,比拿得一千万元的项目还重要!吴校长这句话未必说我,但毕竟当时坐在他面前的只我这么一个教授。士为知己者死。我当时相当激动地表示:只要学校需要,休说五年,五十年也在所不辞!星移斗转,夏去秋来,五年续聘任期很快期满。

那么九月以后我将去哪里呢?两个选择,一是应武汉一所排名相当靠前的"985"大学之邀,去那里当"楚天学者";二是告老还乡种树种花种瓜种豆。清晨在爬满紫色牵牛花的篱笆前往来漫步,傍晚搬一把藤椅坐在葡萄架下遥望西方天际那通透亮丽而又幽玄神秘的一缕缕彩霞。

可是另一方面,我必须老实承认,我的确不情愿退啊!钱?原因跟钱无关。工龄五十载(从下乡算起),教龄三十五,退与不退,银两相差无几。那么是什么原因呢?两个。一是,看了大半个世纪的书,书上学得的知识好像刚刚开始发酵化合为某种见识,某种个性化见识、个性化语言——感觉上正处于学术盛年。一句话,我爱讲台。二是,舍不得学生的眼神。远的且不说了,就说三天前在本校做的这场午后讲座吧。那么多年轻人早早拥向会场占座。门外走廊、门口、过道,讲台四周,全部站满了,坐满了,连我这个主讲人都险些无路可过无座可坐。望着满天星光般明亮纯净的眼神,望着满坡野花般美丽真诚的笑脸,你说,有哪个老师忍心离去?是的,学生爱我,我爱学生。爱与被爱,世界上还有比这更美好的场景、更美好的事情吗?即使从"供需关系"上讲,这也是一种诱惑。老了还能为年轻人需要,而我又能在某种程度满足那种需要,这不仅是诱惑,而且是幸运、无比的幸运!

而这,是不是可以说已经超越了一般意义上的功名、更超越了利禄?

那么,作为我,退、还是不退?

（2017.3.19）

第四辑 —

我与村上：翻译人生

歪打正着：我的文学翻译之路

梁实秋本打算用二十年译完《莎士比亚全集》，而实际上用了三十年。译完后朋友们为他举行"庆功会"，他在会上发表演讲：要译《莎士比亚全集》，必须具备三个条件。一是必须不是学者，若是学者就搞研究去了；二是必须不是天才，若是天才就搞创作去了；三是必须活得相当久。"很侥幸，这三个条件我都具备"。众人听了，开怀大笑，气氛顿时活跃起来。作为我，当然不能同梁实秋相比，但他说的这三个条件，我想我也大体具备。我不是像样的学者，更不是天才。即使同作为本职工作的教书匠相比，最为人知晓的也仍是翻译匠。

其实，即使这最为人知晓的翻译匠，也纯属歪打正着。过去有名的翻译家，如林琴南、苏曼殊、朱生豪、梁实秋、周作人、鲁迅、郭沫若、丰子恺、冰心、杨绛、傅雷、王道乾、查良铮、汝龙等人，大多出身名门望族或书香门第，自幼熟读经史,长成游学海外。故家学(国学)西学熔于一炉,中文外文得心应手。翻译之余搞创作,创作之余搞翻译,或翻译创作之余做学问,往往兼翻译家、作家甚至学者于一身,如开头说的梁实秋实即完全如此,也是众人开怀大笑的缘由。而我截然有别。二十世纪五十年代初,我出生在东北平原一个至少上查五代皆躬耕田垄的"闯关东"农户之家——林姓以文功武略彪炳青史者比比皆是,但我们这一支大体无可攀附——出生不久举家迁出,随着在县供销社、乡镇机关当小干部的父亲辗转于县城和半山区村落之间。从我上小学三年级开始定居在一个叫小北沟的仅五户人家的小山村。小山村很穷,借用韩国前总统卢武铉的话说,穷得连乌鸦都会哭着飞走。任何人都不会想到,那样的小山沟会走出一个据说有些影响的翻译家。说白了,简直像个笑话。

回想起来,这要首先感谢我的母亲。六十年代三年困难时期,如果母亲不把自己稀粥碗底的饭粒拨到我的饭盒里并不时瞒着弟妹们往里放一个咸鸡蛋,我恐怕很难好好读完小学。其次要感谢我的父亲。爱看书的父亲有个书箱,里面有《三国》《水浒》和《青春之歌》《战斗的青春》

等许多新旧小说,使我从小有机会看书和接触文学。同时我还想感谢我自己——感谢自己对看书毫不含糊的痴迷。我确实喜欢看书。不喜欢说话,不喜欢和同伴嬉闹,只喜欢一个人躲在哪里静静看书。小时候所有快乐的记忆、所有刻骨铭心的记忆几乎都和书有关。现在都好像能嗅到在煤油灯下看书摘抄漂亮句子时灯火苗突然烧着额前头发的特殊焦煳味儿。

这么着,最喜欢上的就是语文课,成绩也最好。至于外语,毕竟那个时代的乡村小学,没有外语课,连外语这个词儿都没听说过。升上初中——因"文革"关系,只上到初一就停课了——也没学外语。由外语翻译过来的小说固然看过两三本,如《钢铁是怎样炼成的》《一个真正的人》以及《贵族之家》,但没有意识到那是翻译作品。别说译者,连作者名字都不曾留意。这就是说,我的少年时代是在完全没有外语意识和翻译意识的意识中度过的。由于语文和作文成绩好,作为将来的职业,作家、诗人甚至记者之类倒是偶尔模模糊糊设想过,但翻译二字从未出现在脑海,压根儿不晓得存在翻译这种活计。一如今天的孩子不晓得"无产阶级文化大革命"革的是什么命。

阴差阳错，上大学学的是外语日语。不怕你见笑，学日语之前我不知晓天底下竟有日语这个玩意儿。我以为日本人就像不知看过多少遍的《地道战》《地雷战》里的鬼子兵一样讲半生不熟的汉语：张口"你的死啦死啦的"，闭口"你的八路的干活？八格牙路！"入学申请书上专业志愿那栏也是有的，但正值"文革"，又是贫下中农推荐的"工农兵大学生"，所以那一栏填的是"一切听从党安排"。结果，不知什么缘故——至今也不知道，完全一个谜——党安排我学了日语。假如安排我学自己喜欢和得意的中文，今天我未必成为同样有些影响的作家。而若安排我学兽医，在农业基本机械化的今天，我十有八九失业或开宠物诊所给哈巴狗打绝育针。但作为事实，反正我被安排学了日语，并在结果上成了日本文学与翻译方向的研究生导师，成了大体像那么回事间或满世界忽悠的翻译家。当然，事情也可以有另一种解释：命运！或者说际遇。命运也罢际遇也罢，以中国传统文化和个人现实感受言之，恐怕都不能完全否定其中含有不可控的超越性因素，但更重要的，还是人的努力、人的安排。

我的翻译活动始于研究生毕业、在暨南大学任教的一

180

九八二年以后。一九八四年命运性地为广东电视台翻译了由山口百惠和大岛茂主演的二十八集日本电视连续剧《命运》(赤い運命)。不瞒你说,连中文系饶芃子先生那样的名教授都说译得好。接着翻译了夏目漱石的代表作《哥儿》(坊っちゃん),最初发表于暨南大学外语系主办的《世界文艺》,刊物主编、已故英语教授张鸾玲先生赞叹"这才是小说"。一九八八年承蒙中国社科院外文所日本文学专家李德纯先生推荐,我的翻译活动再次迎来一种命运性转折:开始翻译村上春树的《挪威的森林》。南京大学许钧教授曾对作家毕飞宇说:"一个好作家遇上一个好翻译几乎就是一场艳遇。"这句话反过来说也应该一样。"艳遇"是什么,艳遇其实就是命运,就是命运性。总之,不仅起步顺利,整个翻译进程也够一帆风顺。

不过,我没有受过专门翻译训练。既没有上过翻译专业学位研究生班,又没有攻读有关学术学位。而作为翻译实践,说得夸张些,可以说出手不凡。一次偶尔翻阅刚刚提及的三四十年前翻译的《哥儿》,发现那时就已达到一个今天也未必就能抵达到的高度。换言之,历经三四十年漫长的岁月,我的翻译水准好像全然没有提高——这个发现让我惊讶得好半天说不出话来。那么,这是否意味翻译不必接受专业训练或者我走上翻译道路之前从未做过这方面的努力呢?回答是否定的。就此我想说两点。一是——上面我说过了——我自小喜欢看书,喜欢文学,这培养了我的文学悟性、写作能力和修辞自觉;二是大量文本阅读。即使在批判"白专道路"的"文革"工农兵大学生时期,我也读了多卷本《人墙》(人間の壁)、《没有太阳的街》(太陽のない街)等日本无产阶级作家的作品。读研三年又至少通读了漱石全集。这打磨了我的日文语感,扩大了词汇量。我教翻译课也教三十年了,深感如今的大学生、研究生缺少的恰恰是这两点。而若无此两点,那么,哪怕攻读十个翻译专业学位,哪怕再歪打正着,恐怕也是不大可能成为翻译家尤其是文学翻译家的。必须说,歪打正着的偶然性之中包含着水到渠成的必然性。在这个意义上,我成为翻译家,既是歪打正着,又是水到渠成的结果。

(2012.9.21)

我见到的和没见到的村上春树

据我所知,中国大陆可能只有两个人见过日本作家村上春树。一位是南京的译林出版社副社长叶宗敏先生。另一个就是我了。其实我也只见过两次。一次是去年十月底,借去东京大学开"东亚与村上春树"专题研讨会之机,和同样与会的台湾繁体字版译者赖明珠女士等四人一同去的。另一次是二〇〇三年初我自己去的。相比之下,还是第一次印象深,感慨多,收获大。因此,这里想主要谈谈第一次见村上的情形,和由此引发的我对村上、对村上文学的认识和思考。

村上春树的事务所位于东京港区南青山的幽静地段,在一座名叫 DENMARK HOUSE 的普普通通枣红色六层写字楼的顶层。看样子是三室套间,没有专门的会客室,进门后同样要脱鞋。我进入的房间像是一间办公室或书房。不大,铺着浅色地毯,一张放着计算机的较窄的写字台,一个文件柜,两三个书架,中间是一张圆形黄木餐桌,桌上工整地摆着上海译文出版社大约刚寄到的样书,两把椅子,没有沙发茶几,陈设极为普通,和我租住的公寓差不多。村上很快从另一房间进来。尽管时值冬季,他却像在过夏天:灰白色牛仔裤,三色花格衬衫,里面一件黑T恤,挽着袖口,露出的胳膊肌肉隆起,手相当粗硕。头上是小男孩发型,再加上偏矮的中等个头,的确一副"永远的男孩"形象。就连当然已不很年轻的脸上也带有几分小男孩见生人时的拘谨和羞涩。

他没有像一般日本人那样一边深鞠躬一边说"初次见面,请多关照",握完手后,和我隔着圆桌坐下,把女助手介绍给我。村上问我路上如何,我笑道东京的交通情况可就不如您作品那么风趣了,气氛随之放松下来。交谈当中,村上不大迎面注视对方,眼睛更多的时候向下看着桌面。声音不高,有节奏感,语调和用词都有些像小说中的主人公,同样一副若有所思的神情。笑容也不多(我称赞他身体很健康时他才明显露出笑容),很难想象他会开怀大笑。给人的感觉,较之谦虚和随和,更近乎本分和自然。我想,他大约属于他所说的那种"心不化妆"的人——他说过最让人不舒服的交往对象就是"心化妆"的人——他的外表应该就是他的内心。

我下决心提出照相（我知道他一般不让人拍照），他意外痛快地答应了。自己搬椅子坐在我旁边，由女助手用普通相机和数码相机连拍数张。我给他单独照时，他也没有推辞，左手放在右臂上，对着镜头浮现出其他照片几乎见不到的笑意。我问了他几个翻译《海边的卡夫卡》当中没有查到的外来语。接着我们谈起翻译。我说翻译他的作品始终很愉快，因为感觉上心情上文笔上和他有息息相通之处，总之很对脾性。他说他也有同感（村上也是翻译家），倘原作不合脾性就很累很痛苦。闲谈当中他显得兴致很高。一个小时后我说想要采访他，他示意女助手出去，很认真地回答了我的提问。不知不觉又过去了半个多小时。最后我请他为预定四月底出版的中译本《海边的卡夫卡》、为中国大陆读者写一点文字，他爽快地答应下来，笑道"即使为林先生也要写的！"

我起身告辞，他送我出门。走几步我回头看了他一眼。村上这个人没有堂堂的仪表，没有挺拔的身材，没有洒脱的举止，没有风趣的谈吐，衣着也十分随便，即使走在中国的乡间小镇上也不会引起任何人的注意。但就是这样一个人在这个文学趋向衰微的时代守护着文学故土并创造了一代文学神话，在声像信息铺天盖地的多媒体社会执着地张扬着语言文字的魅力，在人们为物质生活的光环所陶醉所迷惑的时候独自发掘心灵世界的宝藏，在大家步履匆匆急于向前赶路的时候不声不响地拾起路旁遗弃的记忆，不时把我们的情思拉回某个夕阳满树的黄昏，某场灯光斜映的细雨，某片晨雾迷蒙的草地和树林……这样的人多了怕也麻烦，而若没有，无疑是一个群体的悲哀。

回到寓所，我马上听录音整理了访谈录。其中特别有启示性或有趣的有以下四点。

第一点关于创作原动力。我问他是什么促使他一直笔耕不辍，他回答说："我已经写了二十多年了。写的时候我始终有一个想使自己变得自由的念头。在社会上我们都不是自由的，背负种种样样的责任和义务，受到这个必须那个不许等各种限制。但同时又想方设法争取自由。即使身体自由不了，也想让灵魂获得自由——这是贯穿我整个写作过程的念头，我想读的人大概也会怀有同样的心情。实际做到的确很难。但至少心、心情是可以自由的，或者读那本书的时候能够自由。我所追求的归根结底大约便是这样一种东西。"

让灵魂获得自由！的确,村上的作品,没有气势如虹的宏大叙事,没有雄伟壮丽的主题雕塑,没有无懈可击的情节安排，也没有指点自己走向终极幸福的暗示和承诺,但是有对灵魂自由细致入微的体察和关怀。村上每每不动声色地提醒我们:你的灵魂果真是属于你自己的吗？你没有为了某种利益或主动或被动抵押甚至出卖自己的灵魂吗？阅读村上任何一部小说,我们几乎都可以从中感受到一颗自由飞扬的灵魂。可以说,他笔下流淌的都是关于"自由魂"的故事。任何束缚灵魂自由的外部力量都是他所警惕和痛恨的。去年五月十七日他就下一部长篇的主题接受《每日新闻》采访时明确表示:"当今最可怕的，就是由特定的主义、主张造成的'精神囚笼'",而文学就是对抗"精神囚笼"的武器。这使我想起前不久他获得耶路撒冷文学奖时发表演讲时说的一句话:"假如有一堵结实的高墙和一只因撞墙而破碎的鸡蛋,我总是站在鸡蛋一边。"这未尝不可以视为"让灵魂获得自由"的另一种表达。

第二点,关于孤独。我就作为其作品主题之一的孤独加以确认,村上应道:"是的。我是认为人生基本是孤独的。人们总是进入自己一个人的世界,进得很深很深。而在进得最深的地方就会产生'连带感'。就是说,在人人都是孤独的这一层面产生人人相连的'连带感'。只要明确认识到自己是孤独的,那么就能与别人分享这一认识。也就是说,只要我把它作为故事完整地写出来,就能在自己和读者之间产生'连带感'。其实这也就是所谓创作欲。不错,人人都是孤独的。但不能因为孤独而切断同众人的联系,彻底把自己孤立起来。而应该深深挖洞。只要一个劲儿地往下深挖,就会在某处同别人连在一起。一味沉浸于孤独之中用墙把自己围起来是不行的。这是我的基本想法。"

前面说了,村上作品始终追求灵魂的自由,但由于各种各样的限制——囚笼也罢高墙也罢——实际很难达到,因此"总是进自己一个人的世界",即陷入孤独之中。但孤独并不等同于孤立,而要深深挖洞,通过挖洞获得同他人的"连带感",使孤独成为一种具有特殊内涵的生命体验和审美感受。也唯其如此,村上作品中的孤独才不含有悲剧性因素,不含有悲剧造成的痛苦。而大多表现为一种带有宿命意味的无奈,一声达观而优雅的叹息,一丝不无诗意的寂寥和惆怅。它如黄昏迷蒙的雾霭,如月下缥缈的洞箫,如旷野清芬的百合,低回缠绵,若隐若现。孤独者从不愁眉苦脸,从不唉声叹气,从不怨天尤人,从不找人倾诉,更不自暴自弃。在这里,孤独不仅不需要慰藉,而且孤独本身即是慰藉,即是超度。这是因为,这样的孤独乃是"深深挖洞"挖出的灵魂深处的美学景观。

第三点,关于诺贝尔文学奖。我问他如何看待获奖的可能性。他说:"可能性如何不太好说,就兴趣而言我是没有的。写东西我固然喜欢,但不喜欢大庭广众之下的正规仪式、活动之类。说起我现在的生活,无非乘电车去哪里买东西、吃饭、吃完回来。不怎么照相,走路别人也认不出来。我喜爱这样的生活,不想打乱这样的生活节奏。而一旦获什么奖,事情就非常麻烦。因为再不能这样悠然自得地以'匿名性'生活下去。对于我最重要的是读者。例如《海边的卡夫卡》一出来就有三十万人买——就是说我的书有读者跟上,这比什么都重要。至于获奖不获奖,对于我实在太次要了。我喜欢在网上接收读者各种各样的感想和意见——有人说好有人说不怎么好——回信就此同

189

他们交流。而诺贝尔文学奖那东西政治味道极浓,不怎么合我的心意。"

　　显然,较之风光无限人皆仰望的诺贝尔文学奖,村上更看重"匿名性"。为此他不参加任何如作家协会那样的组织,不参加团体性社交活动,不上电视,不接受除纯文学刊物(这方面也极有限)以外的媒体采访。总之,大凡出头露面的机会他都好像唯恐躲之不及,宁愿独自在自家檐廊里逗猫玩,还时不时索性一走了之,去外国一住几年。曾有一个记者一路打听着从东京追到希腊找他做啤酒广告,他当然一口回绝,说不相信大家会跟着他大喝特喝那个牌子的啤酒。我想,这既是其性格所使然,又是他为争取灵魂自由和"深深挖洞"所必然采取的策略。也正因为这样,他的作品才有一种静水深流般的静谧和安然,才能引起读者心灵隐秘部位轻微而深切的共振。纵使描写暴力,较之诉诸视觉的刀光剑影,也更让人凝视暴力后面的本源性黑暗。有时候索性借助隐喻,如《寻羊冒险记》中背部带星形斑纹的羊、《奇鸟行状录》中的拧发条鸟,以及《海边的卡夫卡》的入口石等等。在这个意义上,不仅村上本人有"匿名性",他笔下的主人公也有"匿名性"。

话说回来,客观上村上获诺贝尔文学奖的可能性到底有多大呢？我看还是很大的。理由在于,他的作品在很大程度上体现了作为诺奖审美标准的"理想主义倾向"。如他对一个时代的风貌和生态的个案进击式的扫描；他追问人类终极价值时体现的超我精神；他审视日本"国家暴力性"时表现出的不妥协的战斗姿态和人文知识分子的担当意识；他在拓展现代语境中的人性上面显示的新颖与独到,以及别开生面的文体等等。事实上,他也连续入围两年。

第四点,关于中国。我说从他的小说中可以感觉出对中国、中国人的好感,问他这种好感是如何形成的。村上回答说:"我是在神户长大的。神户华侨非常多。班上有很多华侨子女。就是说,从小我身上就有中国因素进来。父亲还是大学生的时候短时间去过中国,时常对我讲起中国。在这个意义上,是很有缘分的。我的一个短篇《去中国的小船》,就是根据小时候——在神户的时候——的亲身体验写出来的。"最后我问他打不打算去一次中国见见他的读者和"村上迷"们,他说:"去还是想去一次的。问题是去了就要参加许多活动,例如接受专访啦宴请啦。而我不擅长在很多人面前亮相和出席正式活动。想到这些心里就有压力,一直逃避。相比之下,还是一个人单独活动更快活。"

其实,村上并非没来过中国。一九九四年六月他就曾从东京飞抵大连,经长春、哈尔滨和海拉尔到达作为目的地的诺门罕——中蒙边境一个普通地图上连名字都没标出的小地方。目的当然不是观光旅游,而主要是为当时他正在写的《奇鸟行状录》进行考察和取材。说起来,《挪威的森林》最初的中译本是一九八九年七月出版的,距他来华已整整过去五年。但那时还不怎么畅销,村上在中国自然也谈不上出名。因此那次中国之行基本没引起任何人的注意。我看过他在哈尔滨火车站候车室里的照片,穿一件圆领衫,手捂一只钻进异物的眼睛,跷起一条腿坐着,一副愁眉苦脸可怜兮兮的样子。为这入眼的异物他在哈尔滨去了两次医院。两次都不用等待,连洗眼带拿药才花三元人民币。于是村上感慨:"根据我的经验,就眼科治疗而言,中国的医疗状况甚是可歌可泣。便宜,快捷,技术好(至少不差劲儿)。"

（2009.3.13）

192

第二次见到的村上春树:鲁迅也许最容易理解

十一月初,东京大学中文系教授藤井省三先生主持召开"东亚与村上春树"国际学术研讨会。借赴会之机,我于十月二十九日见了村上春树。二〇〇三年初我们见了一次,这次是第二次。但不是我一个人去的,是同台湾的村上作品主打译者赖明珠、马来西亚的村上作品译者叶惠以及翻译过村上部分文章的台湾辅仁大学张明敏三位女士一同去的——在不同地区以不同风格的汉语共同翻译村上的四个人同聚一堂就不容易,而一同去见村上本人就更非易事。加之村上本来就不轻易见人,所以这次会见在某种意义上不妨说是历史性的。

村上事务所年初搬了家,但仍位于南青山这个东京黄金地段,在一座不很大的写字楼里面。周围比较幽静,不远就是村上作品中不时出现的神宫球场、青山大道和青山灵园(墓地)。虽然时值晚秋,但并无肃杀之气。天空高

193

远明净,阳光煦暖如春,银杏树郁郁葱葱,花草仍花花绿绿,同女性的裙装相映生辉。

按门铃上楼,一位举止得体的年轻女助手开门把我们迎入房间。女助手也换了,不是几年前我戏称为208或209女孩了。房间不很宽敞,中间有一道类似屏风的半截浅灰色隔离板,前面放一张餐桌样的长方形桌子,两侧各有两把椅子,我等四人分别坐在两侧。女助手去里间请村上。很快,村上春树从"屏风"后面快步走了过来。一身休闲装:深蓝色对襟长袖衫,里面是蓝色T恤,蓝牛仔裤。他仍然没有像一般日本人那样和我们鞠躬握手,径直走到桌头椅子坐下,半斜着身子向大家点头致意。我看着他。距上次见面已经五年半多了,若说五六年时间没在他脸上留下任何痕迹,那并不准确——如村上本人在作品中所说,时间总要带走它应带走的东西——但总的说来,变化不大,全然看不出是年近六十的人(村上一九四九年出生)。依然"小男孩"发型,依然那副不无拘谨的沉思表情,说话时眼睛依然略往下看,嘴角时而曳出浅浅的笑意,语声低沉而有速度感。整个人给人的印象随意而简洁,没有多余的饰物,一如房间装修风格。

交谈开始了。作为他的作品的译者和读者,最感兴趣的,自然是他的下一部小说。他强调了两点,一是篇幅十分之长,比译成中文的长达五十万言的《奇鸟行状录》还长,有《海边的卡夫卡》的两倍。已经差不多写了两年,眼下正在一遍又一遍仔细修改, 大约明年夏天分两三卷在日本出版。虽然长,但很有趣。二是以第三人称写的。村上小说的主人公大多是"我",采用第三人称的迄今只有《国境以南　太阳以西》(一九九二) 和《天黑以后》(二〇〇四)。而这回要在前两次"试验"的基础上进一步转变为第三人称这一叙事方式。询问主题, 他则显出不解的神情:"主题是什么来着? 我也不知道。"我想起几个月前他在接受《每日新闻》(五月十七日)采访时的谈话内容。作为新作背景,他谈及自己对冷战结束后的混沌(khaos)状态的认识, 认为其征兆是一九九五年相继发生的阪神大地震和地铁沙林毒气事件,而"9·11"事件是其显在反应。他认为 "当今最可怕的, 是由特定的主义和主张造成的'精神囚笼'。"——当我就此确认时,他没有否认,但表示实际上主题并不止此一个,而有"很多很多"。主题很多很多? 这一说法颇有吊人胃口的意味,不过这也是他一贯的风格,他的确很少直接谈其作品的主题。

自一九七九年发表处女作《且听风吟》以来,村上已差不多勤奋写作了三十年。"三十年间我有了很大变化,明白自己想写的是什么了。以前有很多不能写的东西,有能力上所不能写的。但现在觉得什么都可以写了。写累了,就搞翻译。写作是工作,翻译是爱好。一般是上午写作,下午搞翻译。"他又一次强调了运动和写作的关系,说他天天运动,"今天就去健身馆打壁球来着。但跑步跑的最多。因为不久要参加马拉松比赛,所以现在每天跑两个小时左右。写作是个体力活儿,没有体力是不行的,没有体力就无法保持精神集中力。年轻时无所谓,而过了四十岁,如果什么运动也不做,体力就会逐步下降。过了六十岁就更需要做运动来保持体力。"去年十月他专门为此出了一本书:《谈跑步时我谈的什么》。我请他为这本书中译本的出版给中国读者写点什么,他爽快答应下来:"短的可以,因为正在忙那部长篇。"

问及东西方读者对他作品的反应有何差异,他说差异很大,"欧美读者接触加西亚·马尔克斯等南美文学的时候,感觉自己读到的是和英语文学完全不同的东西,从而受到一种异文化冲击。读我的作品也有类似情况,觉得新鲜,有异质性。这点从读者提问也看得出来。欧美读者主要关注我的作品的写法本身和后现代元素,亚洲读者的提问则倾向于日常性,接受方式更为自然。"另一方面,他也承认自己的创作受到美国当代作家的影响,"从他们身上学得了许许多多,例如比喻手法就从钱德勒那里学到不少"。他在接受《每日新闻》采访时也说自己对钱德勒的文体情有独钟,"那个人的文体具有某种特殊的东西。"

话题转到《挪威的森林》拍电影的事。媒体报道《挪》将由美籍越南导演陈英雄搬上银幕,村上说确有此事。"就短篇小说来说,若有人提出要拍电影,一般都会同对方协商,但长篇是第一次,因为这很难。不过《挪》还是相对容易的,毕竟《挪》是现实主义小说。"他说《挪》此前也有人提出拍电影,他都没同意。而这次他同陈英雄在美国见了一次,在东京见了两次,觉得由这位既非日本人又不是美国人的导演拍成电影也未尝不可。至于演员,可能由日本人担任。"将会拍成怎样的电影呢?对此有些兴趣。不过一旦拍完,也许就不会看了。以前的短片都没看,没有那个兴趣。"

说到"东亚与村上春树"这一议题时,我说我认为他对东亚近现代历史的热切关注和自省、对暴力的追问乃是村上文学的灵魂,村上说有人并不这么认为。他说历史认识问题很重要,而日本的青年不学习历史,所以他要在小说中提及历史,以便使大家懂得历史,并且也只有这样,东亚文化圈才会有共同基础,东亚国家才能形成伙伴关系。

这里想特别提一下村上对鲁迅的看法。

村上的短篇集《遇到百分之百的女孩》中有一篇叫《完蛋了的王国》,其中的男主人公 Q 氏是一家电视台的导演,衣装整洁,形象潇洒,文质彬彬,无可挑剔,任何女性走过都不由得瞥他一眼,可以说是典型的中产阶级精英和成功人士。耐人寻味的是,藤井省三教授在这样的 Q 氏和鲁迅的《阿 Q 正传》中的阿 Q 之间发现了"血缘"关系:其一,"两部作品同有超越幽默和凄婉的堪称畏惧的情念";其二,两个 Q 同样处于精神麻痹状态。也就是说,作为鲁迅研究专家的藤井教授在村上身上发现了鲁迅文学基因。作为中国人,我当然对这一发现极有兴趣。这次有机会见村上本人,自然要当面确认他是否看过《阿 Q 正传》。村上明确说他看过。学生时代看过一次,十几年前在美国普林斯顿大学当驻校作家时结合讲长谷川四郎的短篇《阿久正的故事》(日语中,阿久同阿Q的发音相同)又看了一次,"很有意思"。问及他笔下Q氏是否受到鲁迅的阿Q的影响,他说那是"偶然一致"。但他显然对鲁迅怀有敬意:"也许鲁迅是最容易理解的。因为鲁迅有许多层面,既有面向现代的,又有面向国内和国外的,和俄国文学相似。"

回国后赶紧翻阅他对《阿久正的故事》的品评,里面果然涉及对《阿Q正传》的评价:"在结构上,鲁迅的《阿Q正传》通过精确描写和作者本人截然不同的阿Q这一人物形象,使得鲁迅本身的痛苦和悲哀浮现出来。这种双重性赋予作品以深刻的底蕴。"并且认为鲁迅的阿Q具有"'一刀见血'的活生生的现实性"。

不用说,一个人能够理解另一个人——何况认为"最容易理解"——无非是因为心情以至精神上有相通之处。所以,村上的Q氏同鲁迅的阿Q的"偶然一致",未尝不是这一意义上的"偶然一致"。

(2008.11.19)

我和村上：认同与影响之间

"某一天有什么俘虏我们的心。无所谓什么，什么都可以。玫瑰花蕾、丢失的帽子、金·皮多尼的旧唱片……"——这是村上春树《一九七三年的弹子球》里的几句话。每当有什么俘虏我的心的时候，我就不由得想起这几句既无文采又不连贯的话。近来所以想起，是因为近来乡下老家、乡下的花蕾俘虏了我的心。可问题是，这种因果关系之间存在必然性吗？

好了，还是让我乖乖承认好了，我恐怕还是受到了村上春树那位日本作家的影响。或者莫如说，较之影响，更近乎认同。尽管我的东北乡下压根儿不存在真正的玫瑰花蕾，我也不记得丢失的帽子，更不晓得金·皮多尼的旧唱片是什么劳什子。但这些无所谓，我所认同的是他藉此表达的一种广义上的乡愁，及其关于乡愁表达的修辞。

说起来，就村上接受采访的次数不算少了，几乎次次都被问及村上对我的影响。而我的回答每每模棱两可：有影响，又没有影响。说没有影响，是因为我"邂逅"村上时已经三十六岁了——村上时年三十九——你想，一个三十六岁的大男人会那么容易受人影响吗？反言之，轻易受人影响的人还算得上大男人吗？也就是说，在人生观、价值观、世界观上面，我也好村上也好，各自的心都已包上了一层足够厚且足够硬的外壳，能破壳而入的东西是极其有限的。说有影响，主要集中在这类感悟和修辞。其实修辞本身即是一种感悟，如上面我所认同的关于乡愁的感悟、关于抵达乡愁的偶然性路径的感悟。而且，那不仅仅是抵达乡愁之路，也是抵达自我之路和对自我的确认。于是，我的乡愁与自我在这里得到了鼓励、安抚和加强。并在此过程中获得某种启示。启示即影响。

总之，我同村上之间就是这样一种关系：认同，启示，影响。至于村上的本意是否如此，一来无法确认，二来也不重要。

再以《挪威的森林》中大约人所共知的那句话为例："死并非生的对立面，而作为生的一部分永存。"而我真正认同这句话，却是在译完这本书的十七八年之后父母相继去世的时候。坦率地说，在世时我并没有天天想起他们，他们去世后我几乎天天想起。也就是说，因了死而父母同我、我同父母朝夕相守。亦即，死去的父母作为生存的我的"一部分永存"。这一认识、认同固然不可能让我从父母去世所带来的痛苦和懊悔中完全解脱出来，但多少不失为慰藉。因为，既然父母作为我的"一部分永存"，那么就意味着父母仍然活着，至少我活着他们就活着。同时也启示我，使我对死多了一种把握方式。自不待言，这与文本语境中的这句话的本意是错位的——作为文学，"错位认同"也是认同，也是影响。

"缺乏想象力的狭隘、苛刻，自以为是的命题，空洞的术语，被篡夺的理想，僵化的思想体系——对我来说，真正可怕的是这些东西。……我不能对那类东西随便一笑置之。"当《海边的卡夫卡》译到这里的时候，我陡然心有所觉，并产生了强烈的认同感。当下我的工作以至人生目标的一部分，就是"不能对那类东西随便一笑置之"，不能让那个时代重新降临到我们头上。这当然并非这几句话所使然，但这几句话对我非同一般是毋庸置疑的。这也让我体会到，一个人认同什么、接受怎样的启示和影响，同一个人具有怎样的精神底色或精神土壤息息相关。是它决定我们对什么一笑置之或不能一笑置之。或许可以认为,漫长的人生中,我们更多时候是为认同和接受某种什么做准备——必须拥有让某粒种子发芽的土壤。

进而言之,如果说村上文学翻译是一粒种子,那么衔来这粒种子的即是中国社科院外国文学研究所老研究员李德纯先生——先生认定我身上具有能使这粒种子发芽的土壤。而这,已经超越影响,属于提携后学的爱心和善举了。在这个意义上,我无疑是幸运的。

至于村上、村上文学是否受到我的影响,回答也同样模棱两可:没有,也有。没有,在于对方不大可能在受到我的影响,尽管我和村上见过两次面;有,在于我通过中文为村上文学带来了第二次生命和无数中国读者。即使在经济上,谁又能一口咬定村上君今天的酒吧"埋单"完全不含有中译本版税银两呢?

(2013.7.15)

百分之百的村上是可能的吗？

演讲会场不止一次有人直截了当地问我翻译的村上春树是不是百分之百的"原装"村上。我的回答也直截了当：主观上我以为自己翻译的是百分之百的村上，而客观上我必须承认那大概顶多是百分之九十（或百分之一百二十）的村上。也不但我，哪怕再标榜忠实于原作的译者也不能例外。所谓百分之百的村上，哪种译本中都不存在。

甭说村上，即使"I love you"这么再简单不过的短句，翻译起来也可能一个人一个样。张爱玲大家都知道的。有一次张爱玲的朋友问张爱玲如何翻译 I love you，并告诉她有人翻译成"我爱你"。张说文人怎么可能这样讲话呢？"原来你也在这里，就足够了。"还有，刘心武有一次问他的学生如何翻译 I love you，有学生脱口而出"我爱你"。刘说研究红学的人怎么可能讲这样的话？"这个妹妹我见过

的,就足够了。"还有,日本大作家夏目漱石有一次让他的学生翻译 I love you,学生同样译成"我爱你"(君のことを愛するよ)。漱石说日本人不可能这么说话,"今宵月色很好,(今夜のお月はとても明るい),足矣足矣!"

怎么样,一个人一个样吧?去哪里找百分之百等于 I love you 的翻译呢?

这方面,林语堂有个多少带点色情意味的比喻:"翻译好像给女人的大腿穿上丝袜。译者给原作穿上黄袜子红袜子,那袜子的厚薄颜色就是译者的文体、译文的风格。"其实村上本人也不认为翻译会百分之百传达原作。他在《终究悲哀的外国语》最后一章表示:"翻译这东西原本就是将一种语言'姑且'置换成另一种语言,即使再认真再巧妙,也不可能原封不动。翻译当必须舍弃什么方能留取什么。所谓'取舍选择'是翻译工作的根本概念。"

也就是说,翻译必然多少流失原作固有的东西,同时也会为原著增添某种新的东西。翻译总是在流失与增添或舍弃与留取之间寻找最佳平衡点不断向百分之百逼近——永远是逼近,精准抵达是不可能的。亦即,翻译是在追求最大近似值。不过这种译出语与译入语之间的多少错位或游离之处,正是文学翻译的妙趣和价值所在,原作因之获得了第二次生命。

自不待言,村上文学在中国的第二次生命是中文赋予的,所以它已不再是外国文学意义上的村上文学,而有可能成了中国文学一个特殊的组成部分。打个未必恰当的比方,村上就像演员,当他穿上中文戏服演完谢幕下台后,已经很难返回原原本本的自己了——返回时的位置同他原来的位置必然有所错位。此乃这个世界的法则,任何人都可能奈何不得。

(2015.4.13 初稿,2017.1.7 改定)

让"房间"远游与远游的房间

应我的需求,村上春树近日发来了一封给中国读者的信。信中,他将写小说十分村上地比喻为造房间,并认为这个房间可以从他"所在的场所远游到别的地方",把他的小说称为"远游的房间"。

房间为什么可以远游呢? 这是因为房间主人所诉说的"生之意义"或"生之原理"在世界任何地方——日本也好中国也好——都没有什么区别,人们"能够通过房间这个媒介共同拥有某种东西"。

这自然是房间远游的最根本原因。但仅仅这样,村上房间是不可能漂洋过海远游到我们中国的,游来了人们也进不去,毕竟房间是用日语建造的。

作为译者,我的任务就是要让房间排除语言的障碍远游到每一个人面前:把建筑材料由日语置换成汉语。一砖一瓦地取下来,再一砖一瓦地砌上去——从《挪威的森林》开始,十几年来我一直起早贪黑小心翼翼地做这样的砖瓦工和泥水匠。这不但要外观上尽可能不变形走样,还要往里面运进沙发和饮料——人家村上君准备了"舒适的沙发"和"好喝的饮料",而若我准备的沙发不舒适饮料不好喝甚至变味儿,那么我便不是一个合格的工匠,愧对作者和读者。

更费神的是,文学翻译决不仅仅是技术处理,还有个艺术再现的问题。也就是说,在技术操作上置换一砖一瓦的同时,还要在艺术上使其保持整体搬迁的效果。格调是建筑物的灵魂,审美感动是艺术的真谛。即使房间用料再考究,工艺再精湛,而若客人没有村上所追求的"宾至如归之感",不能够"心怀释然",不能够在房间同作者"分享什么",那么这样的房间即使远游到中国又有什么意思呢!无非游乐园里供人们一笑置之的仿洋建筑而已。这样的翻译只能说是在翻译文字,而不是翻译文学。文学翻译,说到底是破译他人的灵魂与情思,是传递他人的心律和呼吸,是重构原文的氛围和韵致。亦即传达"房间"的格调、氛围与感觉。

那么,村上房间的总体感觉是什么样的呢? 北京师大

208

王向远教授在日前出版的《二十世纪中国的日本翻译文学史》中认为："村上的小说在轻松中有一点窘迫,悠闲中有一点紧张,潇洒中有一点苦涩,热情中有一点冷漠。兴奋、达观、感伤、无奈、空虚、倦怠⋯⋯交织在一起,如云烟淡霞,可望而不可触。翻译家必须具备相当好的文学感受力,才能抓住它,把它传达出来。"应该说这边是华丽而又中肯的见地。很大程度上这也是我多年来致力于传达的东西——我想最大限度地让村上君的房间原封不动地远游到我们中国,以请大家进去寻找百分之百的自己、"百分之百的女孩"和等待"大象重返平原"。

下面是村上春树上个月写给中国读者的信。全文附在下面:

远游的房间
——给中国读者的信

写小说,我想无非是制作故事。而制作故事,同制作自己的房间差不多。做一个房间,把人请到里边来,让他坐在舒适的沙发上,端出好喝的饮料,让对方对这个场所

209

心满意足，让他觉得简直就像专门为自己准备的场所——我认为好的正确的故事应该是这个样子。即使房间非常豪华气派，而如果对方没有宾至如归之感，那么我想恐怕也很难称为正确的房间即正确的故事。

这么说，也许听起来似乎只是我单方面提供服务，其实未必是这样。倘对方满意这个房间并自然而然地予以接受，那么我自身也因此获救，可以将对方感到的舒适作为自己本身的东西加以感受。这是因为，我和对方能够通过房间这个媒介共同拥有某种东西。而共同拥有，也就是分享事物，也就是互相给予力量。这就是对我而言的故事的意义、小说写作的意义、亦即互相体谅、互相理解。这一认识自从我开始写小说以来，二十多年间毫无改变。

我的小说想要诉说的，可以在某种程度上简单概括一下。那就是："任何人在一生当中都在寻找一个宝贵的东西，但能够找到的人并不多。即使幸运地找到了，实际上找到的东西在很多时候都已受到致命的损毁。尽管如此，我们仍然继续寻找不止。因为若不这样做，生之意义本身便不复存在。"

这一点——我认为——世界任何地方基本上都是一

样的。日本也好中国也好美国也好阿根廷也好伊斯坦布尔也好突尼斯也好，即使天涯海角，我们的生之原理这个东西都是没什么区别的。唯其如此，我们才能够超越场所、人种和语言的差异而以同样的心情共同拥有故事——当然我是说如果这个故事写得好的话。换言之，我的房间可以从我所在的场所远游到别的地方。这无疑是一件美妙的事情。

说起来十分不可思议，三十岁之前我没有想过自己会写小说。还是大学生时结的婚，那以来一直劳作，整日忙于生计，几乎没有写字。借钱经营一家小店，用以维持生活。也没什么野心，说起高兴事，无非每天听听音乐、空闲时候看看喜欢的书罢了。我、妻、加一只猫，一起心平气和地度日。

一天，我动了写小说的念头。何以动这样的念头已经记不清楚了。总之想写点什么。于是去文具店买来自来水笔和原稿纸（当时连自来水笔也没有）。深夜工作完后，一个人坐在厨房餐桌旁写小说（类似小说的东西）。也就是说，独自以不熟练的手势一点一点做我自己的"房间"。那时我没有写伟大小说的打算(不以为写得出),也没有写让人感动的东西的愿望。我只是想在那里建造一个能使自己心怀释然的住起来舒服的空间——为了救助自己。同时想道,但愿也能成为使别人心怀释然的住起来舒服的场所。这样,我写了《且听风吟》这部不长的小说,并成了小说家。

至今我都不时感到不可思议:自己怎么成为小说家了呢?我既觉得自己好像迟早一定成为小说家,又觉得似乎是顺其自然偶尔成为小说家的。既觉得自己一开始就具有作为小说家的素质,又觉得并不特别具有那样的东西而是自己后来一点一滴构筑起来的。但这怎么都无所谓。老实说,对于我并非主要问题。对我来说,至为关键的是自己现在仍继续写小说,并且以后恐怕也将继续写下去。

我偶然生为日本人,又是年过五十的中年男人。我觉得这也是无关紧要的。在故事这个房间里我可以成为任何一种存在,你也同样。此乃故事的力量、小说的力量所使然。你住在哪里也好做什么也好,这都无足轻重。不管你是谁,只要能在我的房间里轻轻松松地欣赏我写的故事,能够与我分享什么,我就十分高兴。

(2001年9月)

我和《挪威的森林》

非我偏执,随着年龄的增长,我越来越相信人生途中不少事情是命运的安排。

例如我和村上那本《挪威的森林》。这本书一九八七年九月在日本出版,我当年十月抵日本大阪留学。每次去书店都见到一红一绿上下两册(日文原版为上下册)《挪威的森林》神气活现地摆在进门最抢眼的位置,而我基本不屑一顾。原因在于我当时正挖空心思做一个名叫"中日古代风物诗意境比较研究"的项目,拿了国家教委六七千元钱,此行主要是为此搜集资料。去书店几乎直奔"文学理论"书架,没时间也没闲心打量这花红柳绿的流行玩意儿,亦不知村上春树为何许人物。回国前只因一个同学送了《挪》的下册,我为配齐才无奈地买了上册。带回国也扔在那里没理,兀自在故纸堆里东拼西凑鼓鼓捣捣。

岂料,命运之手此时正悄悄把我这粒棋子移去另一条人生轨道（想必我那副寒酸的穷书生相让她动了恻隐之心）。一九八八年十二月即我回国两个月后，日本文学研究会的年会在广州召开，副会长李德纯老先生一把将我拉到漓江出版社的一个编辑面前，极力推荐说《挪》多么美妙，而我的中文又多么美妙，译出来市场前景肯定更加美妙。这么着，我就半推半就、稀里糊涂地译起了《挪》。记得那年广州的冬天格外阴冷，我蜷缩在暨南大学教工宿舍朝北房间的角落里，一边反复放听几支缠绵而伤感的古乐曲，一边对照日文一格格爬个不止。就这样陪伴《挪》、陪伴村上君开始了中国之旅，又眼看着《挪》如何由并不入流的"地摊"女郎最后变成陪伴"小资"或白领们出入中高档酒吧的光鲜亮丽的尤物。

是的，一开始算不上很走俏。一九八九年七月首印三万册，封面设计是一个不甚漂亮也不甚年轻的裸背女子，大约和服样式的上装在腰间欲掉未掉的情状。里面目录由编辑分章加了标题，如"月夜裸女"、"同性恋之祸"等等。害得我都不好意思送人，作为大学老师怎么好意思送人呢！而且这还"千呼万唤始出来"——彼时正值那场政治风波前后，国人对外国东西的引进极为小心，而《挪》又

214

明显有涉"黄"段落,出版社讨论几次,硬是无人敢签字,直到新闻出版总署一位官员高瞻远瞩地道一声"好"才得放行。这"裸背"版至一九九三年印了四次,印数约十万册。一九九六年七月改版,作为五卷本"村上春树精品集"之一再度推出,封面是要细看才知是臀部的几道线条,过塑,印数一万五,基本卖不大动,我几次去书店守候大半天也没见有人买。一九九八年九月再次改版,大32开,书皮为略有凹凸感的米黄色套封,顶端开有三角形"天窗",日式彩色园林从中露出,下角右侧影印短辫女郎黑白头像,底端为淡淡的富士山剪影。内容加了总序和附录。附录分专家评论、作家访谈和村上年谱三部分。此版大为畅销,首印二万一千册,至二〇〇年九月印至十次,每次两万,两年印数愈二十万册。较前两版不可同日而语。也是由于装帧新颖和纸质上乘,为众多读者喜爱。因早已绝版,据说已有了收藏价值。

　　漓江出版社本想从此长驱直入,但中途因更动版权条文一事同村上代理人发生龃龉,对方不同意续约,加之上海译文出版社出以大家手笔,一口气报出二十种书名,版权因之由桂林移至沪上。

上海由二〇〇一年开始陆续推出二十卷本"村上春树文集",急先锋自然非《挪》莫属,即为"全译本"。时有读者问我"全译本"全在何处,实不相瞒,全在由漓江社删除的涉"黄"段落,约一千六百字。我毕竟"为人师表",不忍"误人子弟",执意不予成全。唇枪舌剑几个回合,最后责任编辑沈维藩先生说出这样一句话:"在文学上只有全译本才有价值"。此语一出,夫复何言,唯臣服了事。

上海终究上海,译文社又运筹有方,但见村上系列鱼贯而出,首尾相望,旗旌俨然,浩浩乎顺流而下。《挪》于是再创新高,至二〇〇五年十一月印了二十三次,逾一百零五万册。系列总印数超过二百五十万册,此即时下村上作品之大观。

如此一来二去,我彻底沦落成了"村上专业户",或称"林家铺子掌柜",再没回到中日古诗比较研究轨道上去。时至如今,想归队也不可能了,因为就在我沉溺村上时间里,同类专著已堂而皇之地出了不止一种——远远望其项背,我一时语塞,不知该祝贺人家,还是应懊恼自己。所谓命运的安排,大概便是这么回事。清季重臣陈宏谋云"得失安之于数",信哉是言,如此而已。

(2006.7.16)

216

村上为什么没获诺贝尔文学奖

无论谁怎么看,我这辈子都不可能跟诺贝尔文学奖沾边——跟和平奖沾边倒有可能,敝人最爱和平,讨厌无事生非——但不无"魔幻现实主义"意味的是,好几年来总是被诺奖闹得不得安宁。原因并不复杂,我是村上春树作品的中文版主打译者和"半拉子"研究者。不过今年有些复杂了,村上 PK 莫言或莫言 PK 村上。因此早早就有中日媒体不断找我发表感想,甚至逼我"站队":问我更希望哪位获奖。你说这叫我怎么回答。不用说,村上君获奖对我有些实际好处。一是经济上的。他获奖了,我虽瓜分不到奖金,但拙译肯定卖得更火,可有若干白花花银两进账;二是名声上的。至少敝人供职的学院主管科研的副院长甚至校长大人都有可能对我绽放久违的笑容:噢,原来你小子不是偷偷摸摸翻译"小资"类涉黄读物,而是鼓捣诺奖大腕啊!喏,我这个译者脸上有光吧?但今年不同,今年

217

有同胞兼半个山东老乡莫言登台亮相。事情明摆着,村上君终究是日本人,而我无论DNA还是国籍都是中国人,莫言君获奖无疑让同为中国人的我脸上大放光芒。这么着,为了避免记者再追问下去,我索性于十月十一日当天早上在微博上宣示:莫言村上哪位获奖我都衷心祝贺。若村上获奖,其获奖理由大约是:一、以洗练、幽默、隽永和节奏控制为主要特色的语言风格;二、通过传达都市人失落感、疏离感和孤独感对人性领域的诗意开拓;三、对自由、尊严、爱等人类正面精神价值的张扬和对暴力源头的追问。而作为在中国走红的原因,还要加上一点:客观正确的历史认识。

挂完博客外出上课。晚间回来得知莫言获奖。我暗自庆幸:莫言君获奖采访轮不到我了。岂料记者仍旧不依不饶,追问为什么莫言获奖而村上没获奖。是啊,为什么?要知道,诺奖从来没有为什么,有也要等到五十年后。不过细想之下,以上三点获奖理由之中,第二第三点应该没问题,也容易为瑞典学院十八位评委所认可。问题可能出在第一点,即村上的语言特色未必引起太多注意。这意味着,村上独特的语言风格在英译本中可能未得到充分再现。这又是为什么呢？想起来了，记得翻译过《挪威的森林》和《奇鸟行状录》的哈佛大学教授杰·鲁宾（JAYRU-BIN）认为，村上那种脱胎于英文的语言风格是一把双刃剑："村上那种接近英语的风格对于一位想将其译'回'英文的译者来说这本身就是个难题——使他的风格在日语中显得新鲜、愉快的重要特征正是将在翻译中损失的东西。"说白了，回娘家时娘家人不稀罕了。这当然怪不得村上，也怪不得译者，所谓宿命大约就是这样的东西。

另外，看过英德译本的大学同事和朋友告诉我，简洁固然简洁，但感觉不出中译本那种隽永微妙的韵味。而这分明是村上语言风格的另一特色。已故日本著名作家吉行淳之介曾经给予《且听风吟》这样的评价："每一行都没多费笔墨，但每一行都有微妙的意趣。"莫非英德译本把"微妙的意趣"译丢了？有一点倒是事实：尽管村上的作品已被译成三十余种语言，涉及三四十个国家和地区，但那里的读者和评论家几乎没有对作品的语言特色给予明显的关注。而若关键的瑞典学院评委们也没给予明显的关注，那么结果就可想而知了。

最后补充一点。表面上看，莫言是土得掉渣的乡土文学作家,而村上是洗练的城里人,处理的也是都市文学题材——足可见证"城乡差别"。但骨子里两人又有相通的东西。莫言受《聊斋志异》影响较深,村上受《雨月物语》影响较大,而日本的民间故事集《雨月物语》又深受《聊斋志异》影响,可以说是日本版的《聊斋志异》。一个主要表现,是两者都有不少作品中的主人公自由穿越于阴阳两界或此岸世界与彼岸世界之间,都具有对于现实的超越性,从而为探索通往灵魂彼岸的多种可能性开拓出广阔的空间。

（2012.10.19）

就诺贝尔文学奖写信给村上春树

尊敬的村上春树先生：

　　自二〇〇八年第二次见面以来，差不多又有六年时间匆匆过去。借用想必您也熟悉的孔子的话说：逝者如斯夫，不舍昼夜！我知道，六年时间里您也不舍昼夜，出了关于跑步的随笔集，出了三大厚本《1Q84》，出了长篇《没有色彩的多崎作和他的巡礼之年》，今年又出了短篇集《没有女人的男人们》。同时有诸多译作问世，国际奖项也好像拿了若干。而看照片，您依然毫无倦容，依然一副小男孩发型，依然半袖衬衫牛仔裤。

　　而我呢，说起来都不好意思报告，作为作家没有石破天惊的原创小说，作为学者没有振聋发聩的学术专著，作为教书匠没有教出问鼎诺贝尔奖的高才生，作为翻译匠也因几乎没有翻译您的新作而少了耀眼的光芒。奖也半个都没捞着。唯一捞着的是头上的白发。记得吧？六年前重逢的时候我应该还满头乌发，没准说三十九岁都有女孩信以为真——今非昔比、今非昔比啊！中国古人云："了却君王天下事，可怜白发生！"而我什么也没了却竟然生了白发！一次演讲时讲到大作的孤独主题，我趁机来了个借题发挥：请问诸位世界上最孤独的是什么？最孤独最最孤独的，莫过于一个老男人深更半夜在卫生间里独自对着镜子染头发！台下顿时哄堂大笑，旋即寂静无声。我知道，他们开始在异常的静寂中体味某种近乎凄楚的孤独。诚然，我也不是没有我的快乐。比如暑假回乡住了一两个月。晨风夕月，暮霭朝晖，鸡鸣野径，蛙跃古池，或银盘乍涌，天地皎然，花间独饮，醉倚栏杆……凡此种种，无不令我乐而忘忧，不知老之已至。不过，您是地道的城里人，未必知晓这山村野老的乐趣。

言归正传。六年时间里，也是因为很少翻译您的新作，所以相互间联系就更少了。动笔写信还是第一次。然而实际上又和您联系多多。不说别的，六年来每年十月上中旬都要接受关于您的媒体采访——采访您获得诺贝尔文学奖的可能性和果真获奖我最想说什么。采访者有贵国的共同社、时事社、NHK、《朝日新闻》和《读卖新闻》等等，甚至要我务必在诺奖发布当日十九点左右守在电话机旁等候再度电话采访。这不，前几天共同社北京总局又打来了类似电话。至于中国媒体就更多了也更"刁钻"。喏，前年即莫言获得诺奖的二〇一二年居然有媒体问我："你是希望中国的莫言获奖呢还是希望日本的村上获奖？"二者择一，您说这叫我怎么回答？无须说，您获奖对我有实实在在的好处。您获奖了，跟您去斯德哥尔摩听您演讲"雪云散尽，阳光普照/冰川消融，海盗称臣，美人鱼歌唱"这几句您在《舞！舞！舞！》中彩排讲过的获奖致辞固然不大可能，但我供职的这所大学的院长甚至校长大人都极有可能对我绽开久违的笑容：原来你小子不是偷偷摸摸鼓捣"小资"流行作家，而是翻译光芒四射的诺奖大腕啊！我因此荣获校长特别奖亦未可知。所以我是打心眼儿往外盼望您获奖的。但另一方面，我和莫言有共同的中国人 DNA。他获奖了，我不仅作为同胞，而且作为半个山东同乡也脸上有光。何况您也清楚：您获奖，在日本是第三位诺奖获得者，无非锦上添花；而莫言获奖，则是中国大陆开天辟地第一人，完全雪中送炭。如此两难之间，消息传来：莫言获奖了，您没获奖。

为什么获奖的是莫言而不是您呢？不但我，您的同胞、著名文艺评论家、筑波大学名誉教授黑古一夫先生也在思考这个问题。前不久他在比较了大作《1Q84》和莫言《蛙》之后这样说道："文学本来内在的'批评性'（文明批评、社会批评）如通奏低音一般奏鸣于莫言的《蛙》。然而这种至关重要的'批评性'在村上春树的《1Q84》中全然感受不到。"他随即断言，"正因如此，村上春树才无缘于诺贝尔文学奖（以后恐怕也只能停留在'有力候补'的位置）。而莫言理所当然获此殊荣。"换言之，黑古先生认为您在《1Q84》中并未实际贯彻您在二〇〇九年耶路撒冷文学奖获奖演说中发表的"总是站在鸡蛋一边"的政治宣言。在新作《没有色彩的多崎作和他的巡礼之年》中更是"完美地地背叛了这个宣言"。

黑古先生说得或许有些绝对，但不是没有根据。作为我也略有同感。是啊，您在《奇鸟行状录》和《地下》《在约定的场所》中面对日本历史上的国家性暴力及其在当下的投影毅然拔刀出鞘，为什么在《1Q84》中刀又悄然放下了呢？而且是在善恶没有界定或者"墙""蛋"依稀莫辨的关键时刻放下的。您在《斯普特尼克恋人》那部相对说来属于

"软性"的小说中仍然表示"人遭枪击必流血"。作为回应，"必须磨快尖刀"！不料你在《1Q84》中描写了"人遭枪击"的种种流血场面之后，不仅没有"磨快尖刀"，反而收刀入鞘。或许您说——在《1Q84》第三部中也的确这样实践了——只有爱才能拯救这个世界。那诚然不错。但那是终极理想，而要达到那个终极理想，必须经过几个阶段。尤其在有"人遭枪击"、有"撞墙破碎的鸡蛋"的情况下，如果不磨刀，如果不坚定"站在鸡蛋一边"，那么怎样才能完成您所说的"故事的职责"呢?黑古先生恐怕正是在这个意义上感到焦虑和提出批评的，希望您认真对待他的批评。

自不待言，哪怕再了不起的作家也有其局限性。作为您，在作品思想性的深度与力度上，迄今似乎未有超越《奇鸟行状录》的所谓巅峰之作。由此看来，对于政治或体制的考量可能不是您的强项。您的强项应该在于文体，在于以独具一格的文体发掘难以言喻的人性机微（这点同去年的诺奖得主爱丽丝·门罗相近抑或过之。因此我觉得去年诺奖评审对你有失公允）。作为译者，我特别欣赏和感激您提供的"村上式"文体。前不久我再次看了日文原版《没有色彩的多崎作和他的巡礼之年》，翻译了《生日故事》中您自己写的日文原创短篇和《没有女人的男人们》中的两部短篇，不由得再次为您的文体所折服——那么节制、内敛和从容不迫，那么内省、冷静而不失温情，那么飘逸、空灵而又不失底蕴和质感，就好像一个不无哲思头脑的诗人或具有诗意情怀的哲人静悄悄注视湖面，捕捉湖面——用您的话说，"如同啤酒瓶盖落入一泓幽雅而澄澈的清泉时所激起的"——每一道涟漪，进而追索涟漪每一个微妙的意味。换言之，内心所有的感慨和激情都被安详平静的语言包拢和熨平。抑或，您的文体宛如一个纹理细腻的陈年青瓷瓶，火与土的剧烈格斗完全付诸学术推理和文学遐思。翻译当中，说来也怪，唯有翻译您的作品才能让我格外清晰地听得中文日文相互咬合并开始像齿轮一样转动的快意声响，才能让我真切觉出两种语言在自己笔下转换生成的质感。

不再饶舌了，祝您早日获得诺贝尔文学奖。尽管诺奖可能不很合您的心意。

（2014.10.5）

※注：信是应《深圳晚报》之约写的，并未实际寄给村上。

村上春树笔下的中国人

当今世界著名外国作家笔下似乎少有中国人出现，日本的村上春树大约算是个例外。的确如他本人所说，他的小说常有中国人出现。如《且听风吟》《一九七三年的弹子球》《寻羊冒险记》中杰氏酒吧的老板杰、《去中国的小船》中的中国老师、中国女孩和中国推销员，基本属于正面形象，至少不是坏人。杰话语不多，但善解人意，富有同情心，又有幽默感，"他虽说是中国人，日语却说得比我俏皮得多"。因此无论"我"还是"鼠"都和他相处得很融洽，甚至不妨说是两人唯一可以交心的朋友，以致《寻羊冒险记》中"我"把一张金额"好厉害的"支票看也没看就给了他。《去中国的小船》中的中国女孩是"我"打工时碰上的十九岁的女大学生，"说长得漂亮也并非不可"，并且"干活儿非常热心"，"我"恳切地向她表示"和你在一起我非常愉快……觉得你这个人非常非常地道"。对于去另外一

227

所小学考试时偶尔见到的负责监考的中国老师，二十年后"我"还能记起他的形象和他考试前说的话："抬起头，挺起胸，并怀有自豪感！"对于相隔十几年重逢的高中同学、推销百科事典的中国人，"作为我也不明所以地觉得亲切"。前年我在东京见村上，村上特意强调这个短篇是根据小时候在神户的"亲身体验写出来的"。并且说他是在神户长大的，神户华侨非常多，班上有很多华侨子女。"就是说，从小我身上就有中国因素进来。父亲还是大学生的时候短期去过中国，时常对我讲起中国。在这个意义上，我同中国是很有缘分的。"

去年九月，村上新出了一部名叫《天黑以后》(afterdark)的长篇小说，里面再次出现了中国人、中国女孩。女孩同是十九岁，同样漂亮甚至更漂亮，但不是大学生，而是由不法中国人偷运到日本被迫接客的"妓女"。另一点不同的是，小说中的中国人第一次讲起了中国话，说自己名叫"郭冬莉"。小说开始不久悲惨场景就出现了：天黑以后在情爱旅馆接客时因突然来了月经而被一个叫白川的日本人打得鼻青脸肿，衣物也被剥光抢走，赤身裸体地蜷缩在墙角吞声哭泣，床单满是血迹。半夜在餐馆里看书的

228

女主人公玛丽(她姐姐叫爱丽,从名字发音上看,同冬莉俨然姐妹)因为会讲中国话而被情爱旅馆女经理请来协助处理这场麻烦事。

说实话,看到这里时我心里怦怦直跳。虽说类似的事我在日本期间时有耳闻,国内怕也多少有所知晓,但出现在村上春树这样的作家笔下还是让人担心。担心此前村上作品中的中国人形象受到损坏,担心国人尤其村上迷们读了为之失望和不快,心惊胆战地往下看情节如何发展。还好,村上很快把笔锋转到对嫖客白川恶行的抨击上面。作者通过旅馆女经理之口说道:"为了不让报警,浑身上下剥个精光,卑鄙的家伙,一文不值!"她决心以恶惩恶,很快把防范摄像机里的白川头像打印出来送给那个不法中国男人,以便由对方将白川削掉一只耳朵至少使之"戴不成眼镜"。玛丽则说从看第一眼就想和那个中国女孩成为朋友,非常非常想,"我觉得那个女孩现在彻底留在了我身上,好像成了我的一部分。"

可以说,村上在这里表现出的,较之对中国女孩遭遇的同情,莫如说更是对于超越民族的善的彰显和对白川式恶的憎恶和鞭挞,从而表现出广博的悲悯情怀和知识分子应有的良知。而这在当代日本作家中是不多见的。或许如一位日本学者所说:"寻找与社会上通行的善恶基准和规范不同的线路,是村上作品重要的 motif(主题)"(森达也语,二〇〇四年十一月十二日《朝日新闻》)。

饶有兴味的是,《天黑以后》中最后以爱心使姐姐也使自己获得再生的女主人公玛丽会讲中国话。从小上的是"中国人学校",大学是在外国语大学学习中文,并且即将赴北京留学。村上二十几年前写的《去中国的小船》中,"我"坐在港口石阶上,"等待空漠的水平线上迟早会出现的去中国的小船。我遥想中国都市灿然生辉的屋顶,遥想那绿接天际的草原。"现在,去中国的小船终于从水平线出现了,主人公即将朝中国出发了……

在这个意义上,似乎可以说,中国、中国人既是村上春树的一个"缘分",又是他的一个隐喻。

(2004.12)

村上的"小确幸"和我的"中确幸"

"小确幸"——微小而确实的幸福。能否被收入日语辞典我无法预测,反正确是村上春树一个小小的发明。最先出现在彩图随笔集《朗格汉岛的午后》(一九八四),指的是抽屉中塞满漂亮的男用内裤(pants)。后来至少在《村上广播》(二〇〇一)这本我刚译完的随笔集又出现一次,指的是棒球赛开始前在小餐馆一边手抓生鱼片喝啤酒一边看厨师做"粗卷寿司"。但最详细的一次,应该是一九九八年十月八日一午一点三十二分回答网友提问的时候。一位四十一岁的女秘书请村上介绍他的小确幸,村上说他的小确幸多得数不胜数。容我编译如下:

1.买回刚刚出炉的香喷喷的面包,站在厨房里一边用刀切片一边抓食面包的一角;

2.清晨跳进一个人也没有、一道波纹也没有的游泳池脚蹬池壁那一瞬间的感触;

3.一边听勃拉姆斯的室内乐一边凝视秋日午后的阳光在白色的纸糊拉窗上描绘树叶的影子；

4.冬夜里，一只大猫静悄悄懒洋洋钻进自己的被窝；

5.得以结交正适合穿高领毛衣的女友；

6.在鳗鱼餐馆等鳗鱼端来时间里独自喝着啤酒看杂志；

7.闻刚买回来的"布鲁斯兄弟"棉质衬衫的气味和体味它的手感；

8.手拿刚印好的自己的书静静注视；

9.目睹地铁小卖店里性格开朗而干劲十足的售货阿婆。

以上九个"小确幸"，第三个第八个最易感同身受，第五个最为求之不得。其他虽可认同，但大体与己无关。

我当然有我的小确幸。以暑假在乡下为例，如清晨忽然发现自己栽的牵牛花举起了第一支紫色的小喇叭，如中午钻进黄瓜架扭下一根黄瓜没洗就"咔嚓"一口，如傍晚时分从地里拔出一根大葱轻轻拉下带泥的表皮而露出白生生的葱白。就时下而言，如静静凝视一片金黄色的银杏叶曳一缕夕晖缓缓落下，如散步时发现山路旁一簇野菊花正在冷风中扬起楚楚可怜的小脸……的确像村上所说，没有小确幸的人生，不过是干巴巴的沙漠罢了。不过今天就不再列举"小确幸"了,而想说一个"中确幸"。

九月下旬,我应邀作为嘉宾去上海参加"寻找村上春树宋思衡多媒体音乐会",下榻南京东路一家高耸入云的酒店。五星级,套房,水晶基调,或银光熠熠或玲珑剔透或粲然生辉,完全用得上"奢华"二字。看得出,设计者和经营者的目的是希望有无数小确幸、"中确幸"以至"大确幸"在这里发生。可问题是,奢华同这个并无因果关系,至少对我是这样。之于我的"中确幸"发生在酒店外面。

早上起来去外面散步。出门往后一拐就是南京路步行街。毕竟七时刚过,步行街还没有多少人步行,清晨的阳光从高楼空隙间洒在不多的梧桐树上和平整的石板路面,显得那么通透疏朗,一览无余。往东没走几步,发现一座商厦前小广场那里有三四十人正在跳舞,几乎全是中老年人,一对对一双双随着悠扬的乐曲缓缓移动脚步。我自己不会跳舞,看也看不大懂,但还是不由得停下来静静观看——里面分明有一种东西吸引了我,打动了我。那东西是什么呢?我的目光再次落在眼前一对老者身上。男士相当瘦小,而且其貌不扬,但穿戴整齐,皮鞋锃亮,隐条西裤,裤线笔直。因为瘦,裤腰富余部分打了褶,打褶那里挂一串钥匙。舞步熟练,进退有据,收放自如,每隔几个回合就拖女方旋转一圈,而后悄然复位,极为潇洒。脸上满是皱纹,眼睛微闭,神情肃然。我久久看着他,努力思索究竟是他身上的什么打动了我。我必须给自己一个答案。答案终于出来了,打动我的是他身上的近乎庄严的真挚和一丝不苟——他绝不苟且,哪怕再老再丑,哪怕磨损得再厉害。他其实不是在跳舞,而是和他的相伴走过漫长人生的妻子来这里小心翼翼地体味和确认某种唯独属于他们的幸福。换言之,那是一种幸福的认证仪式。

第二天早上我又去了,他和她仍在那里,简直是前天的拷贝。第三天早上我又去了,又看他们看了好久。绝不苟且的美。说实话,一年来还不曾有哪一种美这么深切地打动过我。我知道,那对于我也是一种幸福的认证,一种小确幸、不,至少"中确幸"的印证,尽管我清楚自己将来不可能跳舞。

(2011.11.6)